（…………いる……）
大人しか入れないはずのティールームで
園芸の本を読んでいたわたしは、
斜め後ろからのじっとりとした視線を感じる。
間違いない。
犯人はこの家に潜む、幼いスナイパーである。

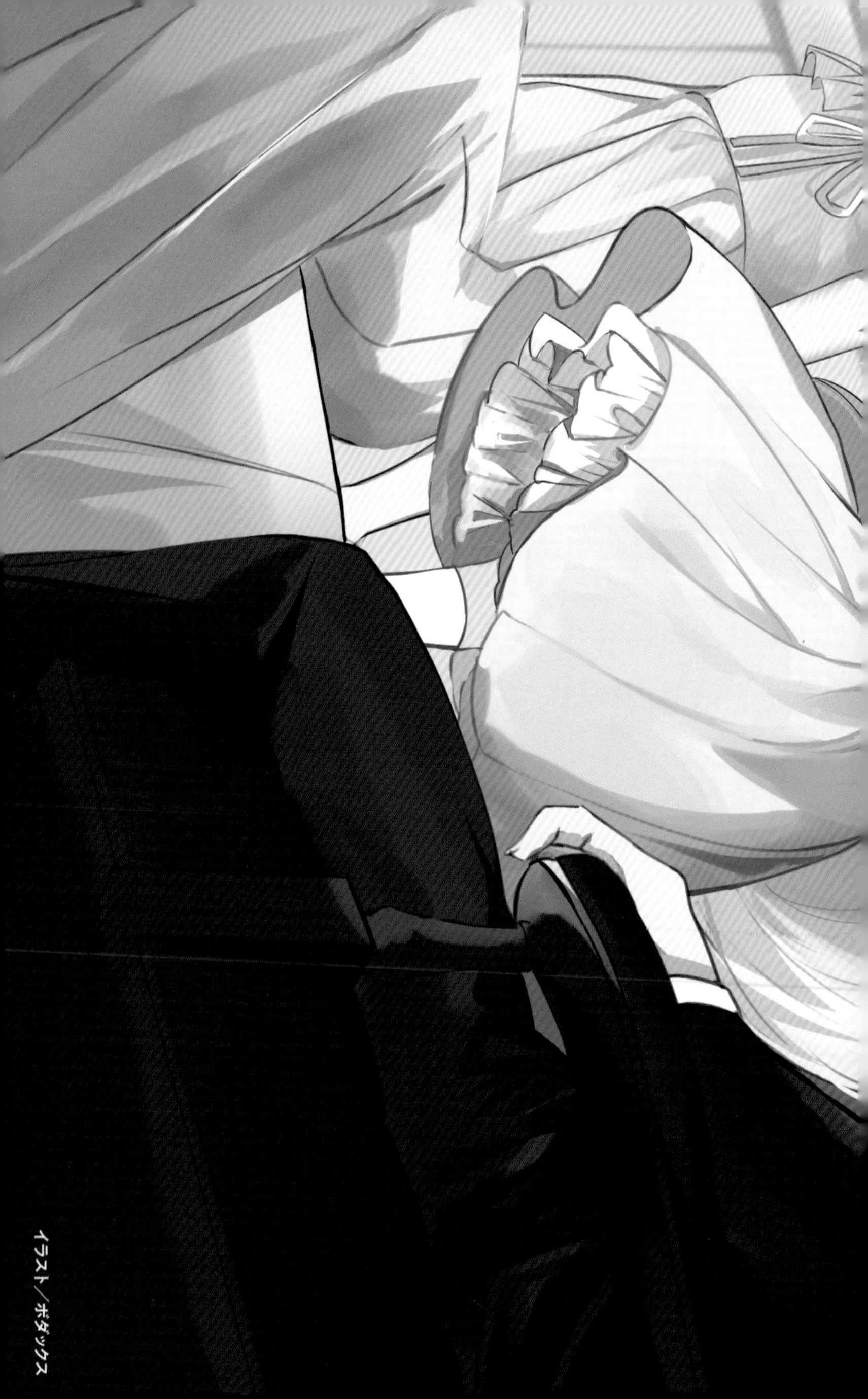
イラスト／ボダックス

訳あり伯爵様と契約結婚したら、義娘《むすめ》（六歳）の契約母になってしまいました。

～契約期間はたったの一年間～

1

wakeari hakushakusama to keiyakukekkon shitara

musume no keiyakuhaha ni natteshimai masita

-keiyakukikan ha tattano ichinenkan-

黒猫かりん

ill. ボダックス

CONTENTS

第一章　契約結婚と契約母子

第一章

契約結婚と契約母子

wakeari hakushakusama to
keiyakukekkon shitara
musume no keiyakuhaha ni
natteshimai masita
-keiyakukikan ha
tattano ichinenkan-

1 プロローグ

「私が君を愛することはない。この部屋に来ることはもうないだろう」

初夜、共寝用の寝室でわたしに向かってそう宣言したのは、今日からわたしの夫になったリカルド＝リキュール伯爵。

サラサラの白銀の髪に紫色の瞳の彼は、月夜に照らされると、黒いガウンと相まってまるで悪魔かインキュバスのような色気を醸《かも》し出している。

そんな彼の口から紡《つむ》がれたのは、初夜に夫から妻に言ってはいけない言葉ランキングなるものがあったら堂々たる一位に輝くであろう、残酷な言葉だった。

しかしながら、わたしはそんな彼の言葉に、傷ついたそぶりもなくこくりと頷く。

「分かっていますわ。ご安心ください、夜中に襲ったりいたしませんから」

「……うん」

わたしの言葉に、彼は心底ホッとしたような、しかしどことなく寂しそうな顔をする。

「本当にありがとう。では、いい夢を」

「はい、おやすみなさいませ」

そして、クルリとわたしに背を向けると、内扉から自分の部屋に戻っていった。

その後ろ姿を確認したわたしは、ベッドの上で正座をしていた体をゆるめて、万歳をしながらベッドに沈みこむ。

「よしっ、わたしも部屋に戻ろーっと」

もう二度と使うこともないベッドだ。

ベッドのバネに気遣うこともなく、わたしは思い切り跳ねるようにして立ち上がった。


わたしはマリア＝リキュール伯爵夫人。昨日まで、マティーニ男爵家の長女だった。

わたしとリカルド＝リキュール伯爵は、本日政略結婚したばかりである。

そしてこの政略結婚には、三者の思惑が絡んでいる。

この三者とは、リキュール伯爵家とマティーニ男爵家、そしてなんと王家だ。

実はリキュール伯爵家は、国内随一の治癒魔法の使い手を生み出してきた家系なのである。

大昔に聖女を娶《めと》った家系ということで、その力は戦場で重宝されてきた。

それと同時に、他国からの引き抜きや暗殺など、危険に晒されることが多かったらしい。しかも、リキュール伯爵家の一族は、心清らかな聖女の血筋のためか、みな真面目で、婚外子を残すようなことをしなかった。

何が言いたいかというと、実は現在、大事なリキュール伯爵家の血を引く者は、なんとたった二人しかいないのだ。

現リキュール伯爵の父母が領地視察中に野盗に襲われて命を失い、その従兄弟《いとこ》達が戦場で命を落とし、蓋を開けてみたら、リキュール伯爵家の血を引く者は現伯爵とその娘リーディアの二人のみとなっていたのである。

エタノール王家は焦った。

リキュール伯爵家は、エタノール王国の戦力の象徴、聖女が国に腰を落ち着けた証《あかし》、国の自慢だったのだ。

そのリキュール伯爵家が、今まさに存亡の危機である。

残ったのは、三十二歳のリキュール伯爵本人（男）と、六歳の娘のリーディア。

娘はまだまだ子どもで、六歳といえば流行病《はやりやまい》で死んでもおかしくない年齢。何より治癒魔法が使えるとはいえ、女性は出産で亡くなることもしばしばある。

産めよ増やせよを推奨するならば、どう考えてもリキュール伯爵（男）が適任者である。

しかしながら、ここで問題が起こった。

リキュール伯爵は、妻の不倫により離婚したばかりで、二度と再婚はしないと公言していたのである。

どうしても再婚して子どもを大勢作ってほしい王家。

どうしても結婚したくないリキュール伯爵。

両者の熾烈な攻防は一進一退、リキュール伯爵は強制的に夜会に呼ばれては、多くのハニートラップに見舞われてきた。娼婦、未亡人、未婚の娘、平民から貴族まで、ありとあらゆる甘い罠をかいくぐり、疲労困憊トラウマ限界のところで、リキュール伯爵は、わたしの家のお人よし家長に連れられて、マティーニ男爵家にやってきたのだ。

我が家のお人よし家長は、恰幅のいい腹を揺らしながら言った。

「うちの娘を隠れ蓑《みの》に使っては？　偽装結婚、というやつですね、ハハハ」

マティーニ男爵家に来た当初、あんなにゲッソリしていたリキュール伯爵に、なんてことを言うのだ。

わたしは怒ったが、意外なことにリキュール伯爵は断らなかった。

「そ、そんなことをしてもらえるなら、ありがたいが……」

「え？　嫌じゃないんですか？　わたしは、別に構いませんが……」

「え!?」

という訳で、わたしとリキュール伯爵は、王家のハニートラップからの隠れ蓑として、とりあえず一年間だけ契約結婚することとなったのだ。

　正直、白い結婚なんかで別れたら、リキュール伯爵の再婚にホクホクだった王家が何か言ってきそうだとは思う。

　しかしながら、マティーニ男爵家に来た当初のリキュール伯爵は非常に疲れた顔で「なんでもいい、一年だけでもいいから平穏な日々を」と呟いていて、あからさまにノイローゼ状態だった。そんな伯爵に、温厚かつ能天気なマティーニ男爵家一同は大いに同情したのだ。わたしもそうだ。そして、トントン拍子に契約結婚が実現したのである。

　しかし、結婚の決まったわたしは思った。

(こんな平凡なわたしと形だけとはいえ結婚することになるなんて、美形のリキュール伯爵は想像もしなかったでしょうね……)

　マイルドな茶髪に蜂蜜色の瞳の、ごくごく平凡な顔立ちの男爵家の娘。そう、わたしは別に美女ではない。

　そして、その辺の男爵家に嫁ぐことが決まっていた身としては、白い結婚の後、自由の身になれるのは正直非常にありがたかった。

(近所の男爵家の令息達、好みじゃなかったし。マティーニ男爵家は兄さんが継ぐし。この結婚で、リキュール伯爵家に恩も売れて、男爵家にも利はあるし。離婚した後は好きに生きてやるわ！)

　この結婚、リキュール伯爵はともかく、わたしにとってはメリットしかないのである。

　そんな流れでウキウキのノリノリで臨《のぞ》んだ親族だけの結婚式、そして初夜が、冒頭の流れだったのだ。


はてさて、わたしはリキュール伯爵の妻という地位を得たものの、一年後には立ち去る身。

領地経営や家のことについては、基本的に触れずにいるという話になっている。夜会だって、年に数回ある王家主催のもの以外は参加しなくてもいい。お茶会も免除。とにかく結婚の事実だけがあればいいのだ。

侍従や侍女達も心得たもので——というか、リキュール伯爵の女嫌いが激しすぎて再婚が契約結婚であることを隠せなかったらしく、とにかくリキュール伯爵家本邸内の使用人は全員、わたしとリキュール伯爵の関係を知っている。本当に、気楽なものである。

「おはようございます！　今日も素敵なお庭ですね」

「おや、いらっしゃい、奥様。今日も庭いじりしていくのかい？」

「ええ。だって、男爵家にいた間は、畑仕事もしていたのよ？　土が恋しくて」

「伯爵夫人やってる間は、畑仕事は無理だなぁ。そうだな、この花壇とか管理してみるかい？　やる気があるならだが」

「いいの？　やった！　ありがとう、是非やりたいわ！」

庭師とそんな話をしながら、ああでもないこうでもないと花壇の配置を構想する。

庭いじりに喜んで満面の笑みを浮かべるわたしに、庭師は「前の奥様とは正反対だなぁ」と失笑した。

「そういえば、奥様は一人でこんなところにいて大丈夫なのかい？」

「え？」

「いつものお連れさんがいないじゃないか」

「ああ、そうねぇ。でも大丈夫よ、まだ朝早いから……」

「びゃー!!!」

本邸の三階の端、窓の開いたその部屋から、なんだか激しい泣き声が聞こえる。

「ほら、気づかれちまったようですぜ」

「あらあら、早起きになったものねー」

わたしは庭の水道で手を洗った後、パタパタと駆けるようにして泣き声のする部屋に向かっていく。

「伯爵夫人ー、走るのはだめなんじゃないですかねー」

「今だけ許してー！」

庭師のおじさまの指摘に適当に返しながら、わたしは三階まで邸内を駆け上がり、目的の部屋へと辿り着いた。

「リーディア！　どうしたの～？」

「うあぁあ、ママぁー！」

「はいはい、ママですよー」

扉を開けると、可愛い六歳の女の子がわたし目がけて飛び出してくる。

白銀のサラサラストレートヘアに紫色のくりっくりの瞳がキュートなこの女の子は、もちろんリキュール伯爵の娘、リーディアである。

えぐえぐ泣いている彼女をしっかりと抱きしめながら頭を撫でてはみたが、寝起きで泣き叫んでいた彼女の鬱憤《うっぷん》はまだ収まらないようだ。

彼女の背後では、乳母《うば》が苦笑している。

「どうして勝手にいなくなったの？　迷子になったらダメなのよ！」

「ごめんねー、リーが起きてくると思わなくて。こんなに朝早く起きられるなんて、リーは偉《えら》い子なのねぇ」

「えへへ、リーは偉い子なの！　なんでもできるのよ！」

「うんうん、すごいねぇ」

ぎゅーっと抱きしめて抱え上げると、リーディアは声を上げて喜んでいる。

彼女はもう六歳なので、わたしの腕には正直結構重い。

けれどもリーディアが喜ぶので頑張って抱え上げてしまうわたしは、結構健気《けなげ》だと思う。

「リー、まだ眠たいでしょう。まだ六時だから、いつもより起きるのが一時間半も早いわ」

「ねむくない」

「嘘はダメよ。体がぽかぽかしてきたし、目がとろとろしてるでしょう？」

「ママも寝る？」

なんとかベッドに連れて戻って毛布をかけたというのに、リーディアはわたしの服の裾を握ったまま離さない。

上目遣いでわたしをベッドに誘ってくる美少女の、あざとさよ。可愛い。めちゃくちゃに可愛い。

「じゃあママも寝ちゃおうかなぁ」

「ママはしかたない子ね。じゃあ、リーディアが、ママが寝るまで一緒にここにいてあげる」

「リーがわたしを寝かしつけるの？」

「そうよ」

「じゃあ、リーはわたしが寝るまで、眠らずに様子を見ていてくれるのね？」

「任せて！」

急な任務に、リーディアは胸を張って目を爛々とさせている。

くすくす笑いながら、リーディアの横で目を閉じると、毛布に包《くる》まれたリーディアが懸命にわたしの様子を窺い、頭を撫でてきた。

「ママ、ねた？」

「……」

「ママ、ねえ、ねた？」

「……」

「……ママ」

「……」

「……」

「……リー？」

「……」

もう寝てる！

マティーニ男爵領の孤児院の子達を見ているときも思ってたけど、子どもって寝るの早くない!?

すやすや眠っているリーディア。

ふくふくのほっぺとサラサラの髪を揺らしながら、彼女は至福の顔で寝息を立てている。

わたしはその頭を撫でながら、ため息をついた。

――実は、わたしは、このリーディアとも、一年限りの契約親子関係なのだ。

とはいえ、リーディアはまだ六歳。しかも、初めてのママに、毎日が大興奮である。

今後ママ業をどう廃業するのか、これから先のことに思いを馳《は》せ、わたしはもう一度ため息をついた。

2　リキュール伯爵家の一日

契約結婚から二ヶ月。

わたしは毎朝、六時には起きる。

日の出と共に起きているので、季節によっては五時になることもままある。

隣には可愛い義娘リーディア。

リーディアの強い希望により、一ヶ月間という期限付きで、わたしとリーディアは一緒に寝ているのだ。

スヤスヤと可愛い寝息を立てている彼女を起こさないよう、ゆっくりとベッドを出る。

顔を洗い、身支度を整え、そうしてわたしは朝の散歩に出かけるのだ。

(マティーニ男爵家では、領地の人の畑を手伝っていたから、なんだか起きちゃうのよね)

朝の散歩ですることは、日によってまちまちだ。

庭師のおじさまの手伝いをするのがメインだが、馬の手入れを手伝わせてもらったり、調理場の材料を運んだり、色々とやらせてもらっている。わたしは男爵令嬢として小さい頃から働いて生きてきたので、何もしない方がソワソワするのだ。リキュール伯爵家の皆さんは、こんなふうにちょこちょこ顔を出すわたしにとても優しくて、迷惑がらずに指示を出してくれるのでとてもありがたい。


七時二十分頃になると、わたしは慌てて自室——ではなかった、リーディアの寝室に戻る。

このぐらいの時間になると、リーディアの乳母アリスが出勤し、リーディアの寝室に繋がる部屋で、着替えを用意して待機していてくれる。朝早くから来てくれて、本当にありがたい。

「起きてないわよね？」

「大丈夫です」

乳母アリスと小声でやり取りをしながら、わたしはそっと寝室に戻る。

そして、リーディアが寝ている横の椅子に座り、読書を開始するのだ。

朝の散歩に行っていたことは、重要機密事項だ。朝から「リーも行きたかった！」と騒がれてはいけない。極秘である。

「ん……マ、マ……？」

「おはよう、リーディア」

「おは……ょ……」

そのまま眠りに戻っていくリーディアに、わたしはクスクス笑う。

「リー、だめよ。ちゃんと起きないと。もう七時半よ」

「……起きてる」

「リーがちゃんと起きてこないと、朝ご飯の間、一緒にいてあげられないなぁ」

「だめ！」

リーディアはガバッと起き上がり、ベッドから飛び出してくると、椅子に座っているわたしの膝にしがみついた。

「一緒にいる！　じゃないと朝ご飯食べないもん！」

「なら、ちゃんと起きてこないとね。お姉さんだもんね」

「そうよ！　着替えるから。いなくなったらダメだからね。ちゃんとここにいてね。アリスー！」

ポワポワになった銀糸を振り乱し、大きな紫色の瞳をパッチパチ瞬きながら、リーディアは隣の部屋の乳母アリスのところへ走っていった。

八時、子ども部屋にて、リーディアは朝ご飯を食べる。

その横で、わたしは紅茶を飲みながら、リーディアとお喋りをしていた。

「ほら、リー。好き嫌いはだめよ」

「人参嫌い……」

「早くお姉さんになりたいんでしょう?」

「……」

「仕方ない子ねぇ」

わたしは、手が止まっているリーディアのフォークを受け取る。

そのフォークで人参を刺して、「はい、アーン」と口元に差し出した。

リーディアは、「ママがアーンするならしかたないの……」と言いつつ、泣きながら人参を食べていた。待って、泣くほど嫌いなの!?


八時半。

リーディアの食事が終わるので、今度はわたしが朝食を摂るために、リキュール伯爵家の食卓へ向かう。

そこには何故か、リカルド＝リキュール伯爵が待っている。

そう。本当に、何故かいるのだ。

「おはようございます、伯爵様」

「おはよう、マリア」

サラサラの銀糸が朝から眩しい。紫色の瞳がすっと優しげに細まって、美人の微笑みに、わたしは仄《ほの》かにドキドキしてしまう。

伯爵様はあまり笑うことがない。特に、女性には微笑みかけない。

けれども、わたしを見かけると、何故か頑張って微笑んでくださるのだ。

（とても気遣ってくださっている……この数ヶ月の平穏を、とても喜んでいらっしゃるのね。わたしという隠れ蓑に、心から感謝してくださっているんだわ）

「伯爵様。毎日お待ちいただかなくても大丈夫ですよ」

「いい。私が勝手にやっていることだ」

「ですが、わたしの顔が見えない方が、心安らかにお食事が摂れるでしょうに……」

（伯爵様は、女性が苦手なんですもの。こんなふうにスカートを穿いた存在が目の前にいるのは、きっと苦痛でいらっしゃるはず……）

わたしが不思議そうにしていると、リキュール伯爵は、目を彷徨《さまよ》わせながら、「……無理はしていない」とポツリと呟いた。

「まあそれならいいのですが」

「そ、そうか。よかった。ところで、変わりはないか」

「はい。楽しく過ごしています。リーディアも毎日とても元気で可愛いです」

「そうか。何か必要なものがあったら、なんでも言ってくれ」

「ありがとうございます」

リキュール伯爵は、日々の暮らしについて聞いてくれる。

なので、わたしは、楽しく過ごしていることを報告した。

一日に一回、不便がないか、状況を報告すること。

これは、契約結婚のときに決めた、約束ごとである。

……別に朝食を共にしながら報告する必要はないのだけれども、最近は何故だか、朝食を摂りながらこの話をすることが多い。

「伯爵様も、何か助けが必要ならおっしゃってくださいね」

ニコニコ笑っているわたしに、リキュール伯爵は目を見開いた後、頬をほんのり染め、小さく頷いた。

「パパー！」

「おはよう、リーディア」

　朝食が終わると、リキュール伯爵はリーディアに朝の挨拶をする。

　二人は本当に仲のいい親子だ。「昨日も最高にいい子だったと聞いている。今日もいい子にしてるんだぞ」と言うリキュール伯爵に抱き上げられながら、リーディアは「えっへん！　任せて！」と胸を張っている。美形の腕の中にいる可愛い美少女が胸を張っている。可愛くて美しくて、平凡なわたしは毎日、目が潰れそうである。


　日中は、わたしは本を読んだり、庭いじりを手伝ったり、厨房を借りて料理をさせてもらったり、何よりリーディアと遊びながら過ごす。

　リーディアは、いつも子ども部屋で一人だった。

　貴族の子ども部屋には普通、多くの子どもがいるものだ。貴族は子沢山の家が多く、当主の家に子どもがいなくても、親族の子を含めると相当な数になる。

しかし、リーディアは一人娘であり、親族もいない。

そして彼女は、リキュール伯爵家のたった一人の後継者であり、高位治癒魔法師を産むことのできる貴重な存在だ。妙な輩《やから》を近づける訳にはいかないので、その辺の子どもを集めて部屋に入れることはできない。かといって、他の家系の貴族の子をリキュール伯爵領にずっと滞在させることも難しい。

一時は乳母アリスの娘であるオレリアが子ども部屋に通っていたけれども、リーディアが乳母アリスを取られたくなくてオレリアに嫉妬するので、彼女が子ども部屋に通うことはなくなった。

そういう経緯もあり、リーディアはいつも一人だった。

なので、いつも自分と過ごしてくれる自分だけのママ――要するにわたしに夢中なのである。

「ママ！　お人形遊びしましょ！」

「ママー！　次はボール遊びがいい」

「ママ、何読んでるの？　リーにも読んでほしい！」

「ママの飲んでるやつ、リーも飲みたい！　真っ黒いやつ！」

「ママー!!」

こうして、わたしの日中は、追跡魔人リーディアとの時間で占《し》められるのだ。

十六時になると、乳母アリスは仕事上がりだ。彼女は自分の家族の夕飯を作るために帰らなければならない。

そして乳母アリスがいなくなり、侍女が交代しても、ずっと家にいる契約ママ《わたし》にリーディアはご満悦である。

十八時。

リーディアに夕ご飯を食べさせる。

再び出てきた人参に、リーディアは悲愴な顔をしていた。

あまりに気の毒だったので、しばらくは人参はすり潰して何かに混ぜるよう、シェフにお願いしておいた。

十九時。

リーディアの就寝準備。

早いときは、このぐらいの時間に、リキュール伯爵が帰ってくる。

「リーディア、ただいま」

「パパー！　おかえりなさい！」

「うん。今日も楽しかったみたいだね」

「そうなの！　たくさん遊んだのー！」

「そうか」

またしても美人が美少女を抱き上げている。

わたしが手を合わせて二人を拝んでいると、リキュール伯爵がこちらを向いた。

「マリア、ただいま」

「伯爵様、お帰りなさいませ」

嬉しそうに微笑むリキュール伯爵に、何故かリーディアも嬉しそうにしていた。

二十時。

「まだ眠くない！」と言うリーディアを寝かしつけ、わたしは夕食を摂るため、食堂に向かう。

そこにはリキュール伯爵が待っていて、わたしを見ると儚《はかな》く微笑んだ。

「マリア、ご苦労様」

「伯爵様。……お仕事でお疲れでしょうに、待ってくださらなくてよかったんですよ？」

「私が勝手にしたことだ。今日は寝かしつけに時間がかかったようだな。マリアの方こそ大変だったろう」

「はい、疲れました……今日はお昼寝が少し遅めだったから、目が冴《さ》えていたみたいです」

「ハハハ。君も疲れることがあるんだな」

「もう、それはそうですよ。でも、もしかしたら伯爵様より体力はあるかもしれませんね」

ムン、と握り拳を見せたわたしに、リキュール伯爵は珍しく声を出して笑っている。

「君は、出会ったときからそうだった」

「ふふ。あまり貴族らしくないでしょう？」

「いいと思う」

「ありがとうございます」

そう言うと、わたしとリキュール伯爵は夕食を摂った。


二十一時。

最近、就寝前に、リキュール伯爵は必ずわたしの部屋までやってきて、夜の挨拶をする。

「マリア。起きてるか？」

「はい」

彼の声がすると、わたしは必ず厚手のガウンを羽織って、自分の体のラインが見えないように気をつける。

彼は女性に迫られてノイローゼになったのだ。

わたしがここで女性を意識させてしまっては、リキュール伯爵の精神状態を守るための隠れ蓑失格である。

（ガウンを取ったとしても、わたしに女性らしさがあるかどうかは、謎だけどねー!?）

「こんばんは、伯爵様」

「こんばんは」

「今日も夜の挨拶ですか？」

「……ああ、そうだ」

「……？」

最近のリキュール伯爵は、なんだか煮え切らない態度のことが多い。

「おやすみ、マリア。今日も一日ありがとう」

「おやすみなさい、伯爵様。今日も一日お疲れ様でした」

こうして、わたし達は笑顔で挨拶をすませ、それぞれの寝室で就寝した。

これがリキュール伯爵家の一日である。

3 義娘への告白――過去編

時は遡《さかのぼ》り、契約結婚生活一ヶ月目。

わたしは毎日、とある難題に頭を抱えていた。


リカルド＝リキュール伯爵との契約は一年。

その間、契約妻であるわたしは当然、リキュール伯爵邸にて過ごすことになる。

そこで問題となるのは、リキュール伯爵の娘であるリーディアだ。

（六歳の娘に『初めまして、一年限りのお義母さんだよ～！』……）

歓迎されようとも拒絶されようとも、いい結果にならないことは火を見るより明らかだ。

という訳で、実は当初、わたしはリーディアとは接触せずに生活することとなっていたのだ。

貴族の子どもは基本的に九歳頃までは子ども部屋で生活する。食事も大人とは別で、子ども部屋に運ばれていく。

そうなると、お義理の『奥様』にすぎないわたしと義娘のリーディアは、大した接触もなく過ごすことができるはず！

――というのが、大人の浅知恵であった。


（…………いる……）

大人しか入れないはずのティールームで園芸の本を読んでいたわたしは、斜め後ろからのじっとりとした視線を感じる。

間違いない。

犯人はこの家に潜む、幼いスナイパーである。

しかし、わたしは振り向かない。

ここで振り向いたら、負けてしまうような気がするのだ。

だけど見たい。

可愛いスナイパーがこちらを必死に睨《にら》んでいるのだ。視線でこちらを殺しにかかってくる。白銀のサラサラストレートヘアの天使が、ふくふくのお手手を握りしめながら、こちらを熱のある眼差しで見つめている。

初めて見かけたときは、あまりの破壊力に気絶するかと思った。

奴は可愛い。

可愛いのだ……。

しかしこのままこのティールームにいると、今にも話しかけてきそうな雰囲気だ。

これはまずい。

そういえば、三十六計逃げるに如《し》かずと東国では言われているらしい……。

「マーサ、わたしお庭に移動するわ」

「はい、奥さ……ゲフゲフゲフ。それがよろしゅうございますね」

わたし付きの侍女となった五十二歳のマーサは、空気を読みながらティーセットを運んでくれる。

リーディアの前でわたしのことを奥様と呼んではいけない。たとえ仮でも、わたしが彼女の『母』なる存在であることを知られてはならないのだ。

チラリとマーサを見ると、意を得たりと頷いてくる。

そういえば、先ほどまでいたもう一人の侍女が姿を消している。

うむ、今日も抜かりはないようだ。

わたしとマーサが庭へと移動している間、小さなスナイパーはてちてちとこちらについてきている。

彼女がこけないように、わたしもマーサも、それはそれはゆっくりと廊下を移動している。

撒《ま》いてはいけない。振り向いてはいけない。拷問タイムである。

（早く……早く来て……！）

マーサと共に唇を噛みしめながらプルプル震えていると、ようやく待ち望んだ声が廊下に響き渡った。

「まあまあ、お嬢さま！　ようやく見つけましたよ、また子ども部屋を抜け出して！」

「あっ、だ、だめなの！　大きな声はだめなのよ、アリス！」

「ほらほら、お部屋に帰りますよー」

「いやいや！　いやなの、リーはまだ……ッ、やだぁあああー！」

幼い声が廊下に響き渡る。

うむ、今日も可愛いスナイパーは排除されたようだ。

思わず、マーサと顔を見合わせて失笑してしまった。

「ねえ、マーサ。これ、あと十一ヶ月続くのよね？」

「そうでございます」

「ちょっと限界じゃないかしら」

「旦那様にご相談してみてはいかがでしょう」

「そう、ね。そうするわ……」

リキュール伯爵に相談するのは、正直気が引ける。

何しろ、ハニートラップ攻めが止まって数ヶ月、ようやく少し顔色が普通に戻ってきたばかりなのだ。

あの気の毒な人の手を、あまり煩《わずら》わせたくはない。

しかし、何はさておき彼の娘の問題である。

これは話をしなければならないのだろう。

わたしは小さなため息を落とした。

「リーディアがそんなことを？」

「はい」

執務室で、リキュール伯爵はわたしの言葉に目を丸くする。

彼の執務室にいるのは、わたしとリキュール伯爵だけではない。

執事にメイド長、それからリーディアの乳母アリスの三人も同席していた。

これは、わたしがリキュール伯爵に配慮してのことである。

何しろ、彼がマティーニ男爵家に避難してきたときの様子は、本当に可哀想だったのだ。

数々のハニートラップを経験したことにより、女性と室内で二人きりになるだけで物を吐いてしまう状態で、正直見ていられなかった。

今は大分回復したとはいえ、本心から、彼に無理をさせたくないと思う。

ちなみに、何故かわたしと室内で二人になるのは、ある程度平気らしい。だからこそわたしが契約結婚の相手に選ばれた訳で、短時間とはいえ、初夜でわたしと二人きりの寝室にいて問題なかったのである。

けれども、用心に越したことはない。

わたしはできる限り、彼とは二人きりにならないようにしていた。

「リーディア様が奥様に接触してくるのも時間の問題かと」

「監視の侍女を増やしていますが、今度は夜中に抜け出そうとなさいまして」

「……アリス、君の意見を聞きたい」

乳母アリスは、肩を落とした。

「リーディアお嬢様は、おそらく諦めることはないと思います。『お母様』という存在をそれはもう狂おしいほど求めていらっしゃいますので……」

「そもそも、何故リーディアはマリアの存在に気がついたのだ？」

「子どもは家の中のことをよく見ているものです。……その」

「言いにくいことでも構わない。よければ聞きたい」

「……マリア様が来てくださり、旦那様のご体調も良くなられ、屋敷の様子が明るくなりました。リーディアお嬢様は、そういう旦那様や屋敷内の変化に気がつき、興味を持って探索を開始した結果、おそらく、自分の母親となるべき女性の部屋にマリア様が出入りしていることに気がついてしまわれたのではないかと思います」

「……」

乳母アリスの言葉に、伯爵様は何故か口元を隠し、ふわりと頬を染めた。

　そして、わたしの方に視線を走らせ、目が合うと、パッとその視線を逸らす。

　首を傾げているわたしをよそに、執事もメイド長も乳母アリスも、したり顔で笑みを浮かべていた。

「伯爵様のご体調は、本当に良くなられましたものね。わたしも隠れ蓑のやりがいがあります！」

「……ああ、そうだな。そうだ、君のおかげだ。ありがとう」

「ですが、伯爵様は今日のご体調は大丈夫ですか？　少し顔が赤いように思います」

「だ、大丈夫だ！」

　焦っている様子の伯爵様に、執事は目を伏せ、老齢のメイド長はクスクス笑い、乳母アリスは嬉しそうにしている。

　一体、何がおかしいのだろうか。

「リーディアのことだが、週末に言って聞かせようと思う」

　わたしも、執事とメイド長と乳母アリスの三人も、目を丸くした。

　結婚式（秘密裏）のときでさえ、必死に隠してきたというのに、ここで真実をリーディアに伝えてしまうのか。

　まあ、隠そうとしても、隠し切れないとは思うのだが……。

「伯爵様。リーディア様には、どこまでお伝えになるのですか？」

「君と契約結婚したこと。期限は一年間であることをだ」

なんと、リキュール伯爵は、契約結婚であることを全てリーディアに伝えるつもりらしい。

「……リーディア様は、秘密を守れるでしょうか」

わたしは困惑しつつも、リキュール伯爵に尋ねた。

リーディアに契約結婚であることを秘密にしていたのは、期間限定の母親という存在が、彼女にいい影響を与えないと判断したことによるところが大きい。

しかし、それだけではなく、子どもである彼女が、契約結婚という秘密を守り切れると思えないという理由もあるのだ。

街に出たときなど、ふとしたときに「一年だけのママができたの！」と言い出しかねない。

「それについては、まあ、なんとかなるだろう」

リキュール伯爵は、落ち着いた様子で頷いた。

わたしも、他の三人も怪訝な顔でリキュール伯爵を見つめている。

「問題は、君を気に入ってしまったリーディアの気持ちだが……もう見つかってしまったからには、どうしようもないからな」

「申し訳ありません」

「君のせいじゃない。私の落ち度だ。六歳に成長したリーディアの行動力を読み切れていなかった」

「坊っちゃまの中では、リーディアお嬢様はまだまだお小さくていらっしゃるようですからね」

「贈るおもちゃが子どもっぽいと、リーディアお嬢様が拗《す》ねていらっしゃいましたよ。『私はもうレディなのに！』とおっしゃっていて」

「……そうか。気をつけよう」

クスクス笑っている執事とメイド長に、リキュール伯爵は微笑む。

そして、リーディア対策は、リキュール伯爵に任されることとなった。

「マリア。君も同席してくれ」

「わたしもですか!?」

「うん」

何やら週末に、わたしはようやく、可愛い義娘と対面することになるようです。

「リーディア、話があるんだ。いいかな？」

「パパー！　どうしたの？」

週末。

リーディアの遊ぶ子ども部屋に、リキュール伯爵はやってきた。

近くに控える乳母アリスも、いつリーディアが泣き出してもいいように、タオルを用意している。

わたしはというと、まだ彼女に紹介されていないので、部屋の外で待機していた。

ドキドキする。

ようやく、可愛いあの子に会えるのだ。

今後のことは非常に悩ましいけれども、とりあえずは今この瞬間、彼女に正面から会えると思うと、とても嬉しい！

「紹介したい人がいるんだ」

「……」

リーディアが、ハッと顔を上げる。

その紫色の瞳は、溢れんばかりの希望でキラキラ輝いている。

「マリア、来てくれるか」

呼ばれてしまったので、わたしはおずおずと、扉から顔を出した。

「……は、初めまして、リーディア様」

「……」

リーディアは、何も言わなかった。

口を開け、瞬きもせずに、わたしのことを凝視している。

「彼女はね、リーディア。私の天使なんだ」

「え!?」

「天使さま……」

「!?」

(急に何を言い出すの、この伯爵様はー!?)

しかし、ここで口を挟むことはできない。

きっと、リキュール伯爵には、何か考えがあるに違いないのだから。

「リーディア。しばらく前、私は酷く調子が悪かったときがあっただろう?」

「うん……パパ、リーともしばらく会えなくなったの」

「そうだ。その状態からね、助けてくれたのが彼女なんだ」

「そうなの？」

「ああ。だから、彼女がいるのは、一年だけなんだ」

「一年だけ？」

首を傾げるリーディアに、リキュール伯爵は頷く。

「そうだ。私の体調が回復するように、一年間だけ、秘密の奥さんをやってくれているんだ」

「秘密の……奥さん……」

「でもね、彼女は天使だから。秘密が秘密でなくなると、すぐに消えてしまうんだ」

リーディアは、ハッとした顔でリキュール伯爵を見た。

リキュール伯爵は強く頷く。

「リー知ってる！　シンデレラに魔法使いさんがくれた天使のドレスは、秘密を話すと、鐘が鳴ってないのに消えちゃうの！」

「うん、よく知ってるね。私はね、鐘が鳴るより前に、天使のドレスが消えないようにしたいんだ。リーディアはどうしたらいいと思う？」

「秘密にする！」

ギュッと両手を握り拳にするリーディアに、リキュール伯爵は微笑み、頭を撫でた。

「いい子だ、リーディア。このことはね、屋敷の中の人だけの秘密なんだ」

「屋敷の中の人だけ……リーは？　今まで知らなかったの……」

「屋敷の中の人、それも、大人だけの秘密なんだ。……リーディアは先月、六歳になったな。立派なお姉さんになったと見こんで、こうして秘密の仲間にしたくて話したんだ。リーディアは秘密を守れるかな？」

「……!!!」

頬を上気させ、目をキラキラ輝かせながら、リーディアは何度も頷いた。

「大丈夫！　リーはお姉さんだから、大丈夫!!」

「そうか。それは心強いな」

「天使さま、よろしくね！」

「……よ、よろしくお願いします、リーディア様」

どういうことだ。

気がついたら、わたしは天使になっていた。

こんな普通顔の、平凡な天使がいていいのだろうか。

天使といえば、どちらかというと、キラッキラの美形のリキュール伯爵や、ベリーキュートな美少女のリーディアの方ではないか？

「そ、それでね、天使さま……」

「マリアとお呼びください、リーディア様」

「マリアさま？　……あのね」

リーディアは、銀色の絹糸のような髪をサラサラと揺らしながら、リキュール伯爵の服の裾を握ったまま、わたしの方を見上げてくる。

「マリアさまは、パパの奥さんなの？」

「……そう、ですね」

「じゃあ、リーのママなの？」

期待に満ちた瞳に、わたしはウッと思わず怯む。

そして、（助けて！）とリキュール伯爵の方に視線を投げると、リキュール伯爵はリーディアに問いかけた。

「リーディアはどうしたい？」

「……」

リーディアは、恥ずかしそうに俯くと、ポツリと呟いた。

「一年だけでいいから、ママになってほしい……」

この可愛い申し出を断れる人間がいるだろうか。

こうして、わたしはリーディアとも、契約親子関係を結ぶことになったのだ。

一年後のことは、ともかくとして。

「リーはね。思うのよ。魔法使いさんの魔法はね、弱すぎると思うの」

リーディアは、乳母アリスに話しかけた。

今はちょうど、契約母マリアが朝食のため、席を外しているところだ。

マリアが席を外すなり、リーディアは乳母アリスを手招きした。そして、「ママがいないときに話さないといけない、重大なみっしょんなの！」というリーディアに耳を寄せたところ、こんなことを言われたのだ。

その六歳らしからぬ真剣な様子に、乳母アリスは必死に真剣な顔をしてみせる。

「そうでございますか」

「リーはね、鐘が鳴っても、天使のドレスが消えない方法があっていいと思うの」

「なるほど……」

「他の魔法使いさんにお願いするとかね。色々あると思うのよ。パパはどんな魔法使いさんに、お願いしたのかしら……」

「魔法使い……」

人のよさそうな笑顔の、恰幅の良いマティーニ男爵を思い浮かべた乳母アリスは、つい笑い出してしまう。

そんな乳母に、リーディアは憤慨《ふんがい》した。

「アリス！　リーは真剣なのよ！」

「はい、申し訳ございません。つい、魔法使いさんのことを思い出してしまって」

「アリスは魔法使いさんに会ったことがあるの!?」

「はい、ございますよ。とても優しそうな、器の大きい男性でございます」

「男の人なの!?」

「はい。魔法使いさんは、女性だけとは限らないのですよ」

クスクス笑いながら教えてくれる乳母アリスに、リーディアは興味津々《しんしん》である。

「アリス！　魔法使いさんに会いたい！　会ってね、魔法の期間を延ばしてもらうようお願いするの！」

「あらあら。でもお嬢様。多分それは、あまり意味がないと思いますよ」

「えっ、どうして？」

「だって、魔法の力は永遠ではないでしょう？」

驚くリーディアに、乳母アリスは微笑む。

「それにね、リーディアお嬢様。シンデレラは、天使のドレスを永遠に手に入れたら、それで幸せになれたのでしょうか」

「……違うと思う」

「どうして、シンデレラは幸せになれたんでしょうね？」

「わかんない……」

「大丈夫。きっとリーディアお嬢様は、分かっているはずですよ」

リーディアは、乳母アリスを振り仰いだ。

シンデレラ。

リーディアの知る、素敵な絵本の物語。

継母と義理の姉二人に虐《しいた》げられていたシンデレラは、魔法使いの力を借りて、舞踏会を開いている王子様に会いに行く。

魔法で作った天使のドレスは、零時の鐘が鳴り終えると消えてしまう。

けれども王子様は、シンデレラが落としたガラスの靴を手がかりに、彼女を探し出してくれるのだ。

「シンデレラは、とってもいい子でしたね。魔法使いがくれた天使のドレスがあったことで、王子様はシンデレラと会うことができました。ですが、シンデレラがいい子じゃなかったら、王子様は追いかけてくれたでしょうか？」

「……追いかけてくれないと、思う」

「そうですね。王子様は、シンデレラがいい子で、また会いたいと思ったから、追いかけたんだと思いますよ」

それを聞いて、リーディアは視線を落とした。近くにあるウサギのぬいぐるみを手元に引き寄せ、抱きしめる。

それは、パパがいなかったときのことを思い出して夜泣きをするリーディアのために、契約母マリアが作ってくれたぬいぐるみだった。リーディアが夜中に目を覚ましても寂しくないように、腕いっぱいの大きさになるよう作ってくれた、可愛いウサギさん。

「リーはどうしたらいいのかな？　ママと、離れたくないの……」

ポロポロと涙をこぼすリーディアに、乳母アリスは心を痛めながら、そっと彼女を抱きしめた。

「沢山、好きだと伝えてください」

「好き？」

「はい。沢山好きだと伝えて、いっぱい思い出を作ってください。自分がしてもらって嬉しいと思ったことを、マリア様にしてあげてください」

「……そうしたら、ママはずっといてくれるかな？」

「分かりません。それでも、そうやって沢山努力をしたことは、リーディア様の宝物になりますよ」

「それじゃ、嫌なの。ママがいてくれないと、嫌なの……」

静かに泣いているリーディアに、乳母アリスも涙をこぼした。

この小さな少女にとって、マリアは、他に代え難いほど大きな存在になってしまっている。

マリアが本当にあと十ヶ月でこの家を去った場合、リーディアは深い心の傷を負うだろう。

本来であれば、このような残酷なことをすべきではない。それは、屋敷の中の人間の誰もが分かっている。そして、当の本人であるリキュール伯爵が、一番よく分かっていることだ。

けれども、仕方がなかったのだ。

リキュール伯爵の状態が、あまりにも悪かった。

三年前に、リキュール伯爵の従兄弟夫婦が事故で亡くなり、リキュール伯爵家の血筋を引く者がリキュール伯爵とリーディアの二人になってからというもの、伯爵はずっと王家に苦しめられてきた。仕事中も、プライベートでも、どこにもかしこにも秋波《しゅうは》を送る女性達がリキュール伯爵を狙っていた。夜会で空き部屋に閉じこめられたり、飲み物に媚薬を入れられたこともある。屋敷の使用人として潜りこんできた猛者《もさ》もいて、あのときは執事が「あの女を雇用したのは私の責任です。私の見る目がありませんでした」と辞表を出してきたくらいだ。リキュール伯爵は、その辞表を破り捨てたけれども。

そして一年前、リキュール伯爵はとうとう、若い女性を見るだけで吐き気を催《もよお》すようになってしまった。

そして半年前には、娘のリーディアとも接することができなくなってしまったのだ。

彼がリーディアの手を思わず払ってしまったときの状況は、それはもう悲愴なものだった。

しかし、このような事態になっても、リキュール伯爵には助けを求めるべき親族がいない。

伯爵の母方の親族の領地は遠く、使用人達はこの事態を一体どうしたらいいのか、途方に暮れていた。

そのときに助けてくれたのが、リキュール伯爵領の隣に領地を持つ、マティーニ男爵だったのだ。

まさに魔法使いである。


何故マティーニ男爵が出てきたのかというと、状況を見た王弟殿下が「兄上達はアホか？」と言いながら、貴族学園時代に親しかったマティーニ男爵に、「悪い、お前の領地の隣にある伯爵領なんだけどさ」と声をかけたのがきっかけらしい。

何故下級貴族クラスにいたマティーニ男爵と上級貴族クラスにいた王弟殿下（当時の第三王子）が親しかったのかは分からないし、何故マティーニ男爵が選ばれたのかも分からない。けれども、とりあえず療養のため、リキュール伯爵は秘密裏に二ヶ月ほど、マティーニ男爵領に避難することとなったのだ。

リキュール伯爵がマティーニ男爵領に避難している間、リキュール伯爵家にはハニートラップを仕掛けに女性達がわんさかやってきた。しかし、屋敷の面々が鬼の形相で全員弾き返した。あのときは、使用人全員の背後に、修羅がいたと思う。

そして、帰ってきたときには、何故かリキュール伯爵の隣に、マリアがいたのだ。

実はほとんど食事も摂れていなかったリキュール伯爵は、療養から帰ってからも食事を抜きがちではあったが、なんとマリア様のいる前では、必ず普通に食事をするようになっていた。

そして何より、リキュール伯爵はリーディアとも、問題なく触れ合うことができるようになっていた。

使用人一同は、最初はあまりの急展開に面食らっていた。

しかし、「わたし、働いてないと落ち着かなくてー！」と言いながら使用人にも気安く声をかけてくれる彼女を見て、次第に納得していった。

(あの方は、リーディアお嬢様にとっても、旦那様にとっても……。この伯爵家に必要な方だわ)

乳母アリスはそう思うが、しかし、どうにもマリアは、その辺りに全然気がついていない様子である。

このままではマリアは、この伯爵家を去ってしまう。

そして、彼女がここに残ってくれるかどうかの鍵を握る人物は、……多分、いや間違いなく、初めての恋に狼狽《うろた》えている様子だ。

「旦那様が、ちゃんとマリア様を落としてくれるといいのだけれど」

小さく呟いたその言葉を、泣き疲れて乳母の腕の中でウトウトしていたリーディアは、しっかりと聞き取っていた。

リーディアはそのとき、廊下を忍足《しのびあし》で歩いていた。

『旦那様が、ちゃんとマリア様を落としてくれるといいのだけれど』

（アリスはそう言っていたのよ……リーは、ちゃんと聞いたの……）

リーディアは、ウトウトしながら聞いた乳母アリスの言葉を思い出す。

リーディアは考えた。

（パパがママを落とす……そうすれば、ママはずっとここにいてくれる……んじゃないかしら……）

リーディアは、廊下の角でキョロキョロと周りを確認しながら、ゆっくりと歩みを進める。

その様は、さながらスナイパーである。

なお、当然ながら、マリアと乳母アリスの指示で、後ろからこっそり侍女がリーディアを見守っている。そしてもちろん、リーディアはそのことに気がついていない。

（落とす……落とす……。……？）

リーディアは、首を傾げた。

落とすとは、一体なんのことだろうか。

パパがママを、落とす。

階段から落としたり、屋根から落としたりしたら、ママは天使さまとはいえ、怒って羽を生やしてお空に帰ってしまうのではないだろうか。

しかし、これは大切なママが、リーディアの傍にいてくれるようにするための、大切なみっしょんである！

リーディアは、しんちょうに物事を進めなければならない。

(パパの、しつむしつ！　ここ！)

リーディアは知っているのだ。

今日は、パパがこの伯爵家本邸で働く日。

だから、この部屋に来れば、リーディアはパパに会うことができる。

(重要な話があるときしか、きちゃダメって言われてるけど……今日の話は、とっても重要なことなのよ！　だから、大丈夫！)

握り拳を固めると、リーディアはそろそろと廊下を進む。

この話をパパにしているところを、ママに見つかってはいけないのだ。ごくひみつしょんなのである。

扉の前に来たリーディアは、ドキドキする胸を押さえ、深呼吸をする。

そして、思い切ってノックをしてみた。

「入れ」

中から、パパの声が聞こえて、リーディアは笑みをこぼす。

「はい！」

大きく返事をして、扉を開けて室内に入った。

そこには、執事とリキュール伯爵がいた。

リキュール伯爵は口を開け、羽根ペンを机に転がし、目を丸くしてリーディアを見ている。

「パパ！　リーは、じゅうような、ようけんで、きました！」

ビシッと直立したリーディアに、リキュール伯爵はまだ固まっている。

その隣で、執事が立ったままくつくつと笑いをこぼしていた。

「リーディア様。大切な案件なのですね？」

「そうです！」

「では、急いで対応しなければなりませんね。私の案件は後で構いませんから、どうぞお話しください」

「ありがとう！」

リーディアは、キビキビと——傍目《はため》にはテチテチと——歩き、リキュール伯爵の執務机前までやってくる。

「パパ。大切なお願いがあるの」

「どうしたんだい、リーディア」

「パパにね、ママを落としてほしいの」

リキュール伯爵はインク壺を床にぶちまけ、執事はむせてゲッホゴッホと咳きこんだ。

「パパ！　大変よ、絨毯《じゅうたん》が真っ黒！」

「い、いいんだ。いい。そんなことより」

「で、でも本当に真っ黒よ！」

「大丈夫だ。それより、どうした、リーディア。何故急にそんなことを」

リキュール伯爵は何故か、赤くなったり青くなったりしている。リーディアは不思議に思いつつ、思ったことを口にした。

「パパがママを落としたら、ママはずっとこの家にいてくれるんでしょう？」

「……!?　だ、誰からそんなことを聞いたんだ！」

「本当なのね!?　パパがママを落としたら……、……！　パパ、今からママを落としに行こう！」

執務机を回りこみ、手を引くリーディアに、リキュール伯爵は真っ赤になって狼狽える。

「ちょ、ちょっと待ちなさいリーディア。そんなことはできない」

「パパはママに、ずっとこの家にいてほしくないの？　ママのこと、好きじゃないの？」

涙目で訴える愛娘に、リキュール伯爵は動揺した。

直球ストレートのその質問に、マリアの顔が浮かんで、リキュール伯爵はさらに体温を上げてしまう。

「それは……その……」

「ママのこと、嫌いなの？」

「嫌いじゃない！」

「じゃあ、大好きなのね？」

「……っ、それは、その」

「違うの？」

「す、好きだ……が……」

絞り出すように声を出したリキュール伯爵に、リーディアはパァアア！と華が咲くような笑みを浮かべる。

「よかった！　じゃあパパ、ママを落としに行こう！」

「そ、れは、できない」

「どうして？」

「……、ママは、パパのことを、なんとも思ってないから……」

「え？」

「え？」

不思議そうにするリーディアに、リキュール伯爵も不思議そうにする。そっくりな親子の様子に、執事の腹筋が試されている。

「ママはいつも、パパのこと尊敬してるって言ってたよ」

「……そうか」

「ママはパパのこと好きって」

「ゲッホゴホゴホ」

「パパーッ!?」

急にむせたリキュール伯爵に、リーディアは青い顔で慌てる。執事は横でプルプル震えている。

「パパ大丈夫!?」

「大丈夫だ、うん。それで、なんだって？」

「パパ、でもね、お顔が赤いの。きっとお熱があるのよ！」

「パパは丈夫だから大丈夫だ。それでリーディア、ママはなんだって？」

「う、うん？　ママは、パパのこと好きだって言ってたよ」

リーディアはパパの剣幕に驚きつつも、以前ママから聞いたパパへの気持ちを伝える。

口を覆って頬を染めているリキュール伯爵に、リーディアは閃いた。

「パパは、ママにパパのことを好きになってほしいのね？」

ガターン！と大きな音を立てて、リキュール伯爵は椅子から転げ落ちた。

「パパァー!?」という悲愴な悲鳴が上がり、そのパパの隣では、執事が赤い顔をして涙目で震えている。

「パパ、どうしたの!?　お休みした方がいいよ！」

「だ、だ、大丈夫だ……」

「きっとね、元気がないのは、天使さまの力が足りないからよ。ママを呼んでくる！」

「リーディアちょっと待とうか」

ヒョイと抱き寄せられて、リーディアは、床に尻をついているリキュール伯爵の膝の上にポスンと落ちる。

「パパ！　これじゃママを呼びに行けないわ」

「うん、待ってくれ。ええと、リーディア。今はよくない。少し時間をくれ」

「……早くママを落とさないと、ママはお空に帰っちゃうのよ？」

(天使は空に帰る設定なのか……)

リキュール伯爵は、自分で言い出したことながら、知らない間に追加された設定に思考を止める。

「リーディア。その……リーディアは、ママが好きか？」

「大好き！」

「パパもね、ママのことが大好きだよ」

「うん！」

「それでな。ママがずっとここにいてくれるようになるには、ママが特別パパのことを好きになってくれる必要があるんだ」

「特別？」

「そうだ。それには、すごくすごく大変な準備がいるんだ」

「どんな準備？」

「えっ」

目を彷徨わせるリキュール伯爵に、執事の腹筋は重大な危機を迎えた。

「そ、それはだな、その……」

「うん」

「ママが喜ぶようなことを、沢山しないといけないんだ」

「喜ぶこと？」

「そうだ。リーディアも、ママがリーディアのためにいろんなことをしてくれるのが嬉しいだろう？」

「うん！」

「それと一緒だよ。……ダメかもしれないけど、頑張ってみるから、パパに少し時間をくれるかな」

「わかった！　パパ、頑張って!!」

「う、うん……」

そうして、希望に満ち溢れた様子でリーディアは帰った。リーディアは、ごくひみっしょんを成功させたのだ！

なお、その後、リキュール伯爵と執事はあまりにも仕事が手につかなかったので、有給休暇を取ることにした。

リーディアは浮かれていた。

何しろ、『ママにずっとここにいてもらう』という目標に、一歩……いや、十歩は近づいたからだ。

「リーディア、どこに行ってたの？　心配してたのよ」

鼻歌を歌いながら子ども部屋に帰ってきたリーディアを、マリアは心配そうに迎えてくれた。

リーディアは、ハッとした。

（いけないのよ。リーは、お手洗いに行くと言って、ここを出てきたのよ……！）

「お、お腹がね、痛かったの……」

さっきまで鼻歌を歌っていた娘から出たとは思えない発言に、マリアと乳母アリスの腹筋が試されている。

「そう？　じゃあお薬を飲んだ方がいいかしら」

「ううん！　大丈夫、もう大丈夫なの」

「本当に？　念のため、外で遊ぶのはやめて、ベッドに入る？」

「いや！　いやなの、お外で遊びたい！」

「ふふ、そうなの？」

「うん！　大丈夫なの！」

いそいそとコートを用意し、外に出かける準備をするリーディアに、マリアと乳母アリスは微笑む。

「あ！　そうだ、あのねママ」

「なぁに？」

「パパにね、お願いしたんだけどね」

「うん」

「パパ、ママを落としてくれるって」

「ゴホゴホゴホ」

「ママー!?」

咳きこんだマリアに、リーディアは仰天する。

乳母アリスは、目も口もパッカーンと開いて固まった。

「リ、リーディア。どういうことか聞いてもいいかしら」

「ママ、それよりも大丈夫？　お顔が赤いの」

「大丈夫よ！　大丈夫。それよりも、ね。お話を聞きたいわ」

「……？　あのね、リーがね、パパにママを落とすようにお願いしたの。そうしたら、『いいよ』って」

「『いいよ』!!?」

真っ赤になって慌てているマリアを、リーディアは不思議そうに見つめる。

「ママ。やっぱり、危ないことなのかな」

「え!?」

「ママは天使だから、お空を飛べるし落ちても大丈夫だと思うんだけど、急に落とされて怪我をしたら困っちゃうでしょう？」

「ぶ、物理!?　物理なの？」

「…………??　パパは、ママが特別パパを好きにならないとダメなんだって言うの。落とす前に、そういう準備もするみたい」

リーディアは、首を傾げながらマリアを見つめる。

マリアは耳まで真っ赤に染めて、アワアワと言葉にならない声を漏らしていた。

乳母アリスは、何故か後ろで「リーディアお嬢様、最高ですわ！」とガッツポーズをしている。

「それでね。ママがね、怪我をしないように、先に言っておこうと思って。リーは気遣いができるいい子なの！」

「あ、ありがとう……本当に、ありがとう……大火傷《おおやけど》をするところだったわ……」

「火傷なの!?　た、大変なのね、先に言っておいてよかったの……」

「本当にそうね……」

頬に手を当てて涙目になっているマリアに、リーディアはハッと気がつく。

「アリスー！　してもらって嬉しいことをしなきゃ、ママは落ちてくれないんだもんね？」

「えっ!?　え、ええと、あれ？　そんな話でしたか!?」

「……アリスさん？」

「あ、あらー、奥様、これには海よりも深い訳が……オホホホ」

マリアが半目で乳母アリスを見ていると、「ママ。アリスより、リーを見て」とリーディアが上目遣いで服を引っ張った。

マリアは当然ながら、デレデレの笑顔でリーディアの方を向く。

「なぁに、リーディア」

「あのね。リーはママに好きって言われるのが大好きなの」

「そうなの!?　嬉しいわ、大好きよ、リーディア！」

「きゃーっ」

マリアがギューっとリーディアを抱きしめると、リーディアは嬉しそうにはしゃいでいる。

「だからね、ママ。パパをいっぱい好きになってもらうために、リーは考えました」

「……うん？」

「あのね、パパに聞いたんだけどね、パパはママのこと大好きだって言ってたよ。ママ、嬉しい？」

「ゲッホゲホゲホゲホ」

「ママァー!!?」

急に咳きこむマリアに、リーディアは蒼白になる。

その悲愴な叫びに、乳母アリスの腹筋は崩壊寸前だ。

「ママ、もうお休みした方がいいよ！」

「大丈夫。大丈夫よ、リーディア」

「でも、目もウルウルしてるし、お熱があると思うの！」

「ママは丈夫だから大丈夫」

「きっとね、天使さまの力をパパが吸い取りすぎちゃったんだわ。パパに少し返してもらわなきゃ、呼んでくる」

「ちょちょちょちょちょ――っと待って待ってお願い待って」

リーディアにしがみつくマリアに、リーディアは必死に言いつのる。

「ママ！　これじゃあ、パパを呼びに行けないわ」

「そ、そうね。でも、ちょっと待ってくれるかしら。その、時間が欲しいの」

「……ママが病気になったら、ここがいやになってすぐにお空に帰っちゃう……」

「お空に帰さないで!?　アッ、あー、えーとえーと、熱が出たぐらいならここにいるから大丈夫よ！」

「本当!?　よかった……」

リーディアは心の底から安心して、ほうと息をついた。

一方、マリアは、知らない間に追加されている設定に混乱している。

(天使はお空に帰る設定なのね……!?　文字どおり昇天させられるのかと思ったわ！)

「リーディアあのね。その……話は分かったわ。ちゃんと伯爵様と、お話をしてみるわね」

「うん！」

笑顔でいいお返事をしたリーディアに、マリアはようやく安心して微笑む。

(色々と色々と考えなければならないことは沢山ありそうだけど、とにかく今は無心で外に遊びに行く準備をするのよ……！)

「あ、そうだ。ちゃんとね、パパにも言っておいたからね。パパもきっと、ママのこと、もっと好きになったと思うの！」

「え？」

「『ママもパパのこと好きって言ってた』って、ちゃんと伝えておいたよ」

外遊び用の玩具を取ろうと棚に手を伸ばしていたマリアは、そのまま棚の上に置いてある玩具を全部床に落としてしまった。

ドンガラガッシャーン！という大音量に、リーディアは「ママ!!?」と驚きの声を上げる。

（す、好き!?　言ったっけ？　いつ？　どこで？　言ったかしら!!?）

マリアは必死に、自身の記憶を探る。よくよく思い出せば、リーディアに以前、リキュール伯爵のことを聞かれて、「もちろん尊敬しているわ」「リーと同じくらい好きだよー」と答えた気がする。

当たり障りのない家族トークだ。

しかし、これはなんだか、違った意味で相手に伝わっている気がする！

マリアはその場で真っ赤になったまま、ヘナヘナとしゃがみこんだ。

リーディアは、「今日はママはお休み！　決定！」と言いながら、コートをしまい始めた。

その側で、乳母アリスは、笑いを堪えながらプルプル震えていた。

5 契約妻マリアの動揺

わたしは今、リーディアの寝かしつけが終わり、夕食のために食堂に向かっていた。

『あのね、パパに聞いたんだけどね、パパはママのこと大好きだって言ってたよ。ママ、嬉しい？』

（大好き……大好き!?）

一体どういうことだろうか。

わたしの知る伯爵様は、女性恐怖症で、若い女性が苦手で、一時はノイローゼになっていた可哀想な男性だ。サラサラの銀髪と紫色の瞳が神秘的な、涼やかな目元の美形さんである。

まかり間違っても、わたしのような凡人を「大好き」になるような存在ではないはず。

しかし、リーディアは嘘を言うような子ではない。

（い、いえ、きっと何かの間違いよ。そうよ、わたしの言った『好き』だって、きっと違った意味で伝わっているだろうし……）

『パパは、ママが特別パパを好きにならないとダメなんだって言うの。落とす前に、そういう準備もするみたい』

（……これ、何をどう取り違えたらこんな内容になるの？　だいたい準備って何!?　その先があるのー!?）

どんどん上がっていく体温に、わたしは慌てて頬に手を当てる。

「熱い！」

「奥様。冷やしタオルでございます」

「準備がいいわね!?　さすがは伯爵家の侍女……！」

わたし付きの侍女マーサ（五十二歳）は、何も言わずに冷やしタオルを差し出してくれた。

それを受け取り、わたしは必死に頬を冷やす。

マーサはそんなわたしを見た後、目を逸らし、プルプル震える手を自分でつねっていた。

本日リーディアの暴露話を聞いてから、わたしはずっと、知らず知らずのうちに百面相をしている。だから、マーサはもう、ずっとずっとずっと笑いを堪えている。しかし、わたしはそんなマーサの健気な努力には気がついていない。無体な主人である。

「これで大丈夫かしら……でも、やっぱり……今日は夕食は自室で」

「大丈夫でございますよ。さあさあ参りましょう」

「えぇ……？　わ、分かったわ、マーサ……」

引き返そうとするわたしは、マーサと他の侍女達にそれとなく止められて、食堂へ追いやられてしまった。

侍女達が何故か、全員で廊下いっぱいに広がって、わたしが自室に帰れないように人間バリケードを作っているのだ。伯爵家の侍女達は、いつも廊下の端を楚々《そそ》と歩くハイレベルな教養の持ち主なのに、何故……。

わたしが食堂に入ると、リキュール伯爵は嬉しそうに目を細め、ふわりと微笑んだ。

わたしは、ようやく気がついた。

（伯爵様は、他の女性には笑いかけない。もしかして……わ、わたしに、だけ……？）

ブワッと赤くなったわたしに、リキュール伯爵は驚いたようで、目を丸くしている。

「マリア？」

「えっ、あっ、いえ！　なんでも！　なんでもありません！　お待たせしましたっ」

どうしよう、なんだか体がうまく動かない。

わたしは、同じ側の手と足を出しながら、ギクシャクと歩いて自分の席に座る。

（だめよだめだめだめだめ。伯爵様は、きっと女らしさがないからこそ、安心してわたしに接しているのよ。わたしがそんな、こんなふうに意識するなんて、絶対にダメよ……！）

ドッドッと大きな音を立てている心臓に手を当て、一度目を閉じた後、わたしはキッとリキュール伯爵を見る。

リキュール伯爵は、不思議そうな顔をしてわたしを見ていた。分からないことがあるときのリーディアにそっくりな表情である。

「マリア、どうかしたか？　今日は何かあったんだろうか」

「いえ、何も！　無事！　平穏な日でした！」

「……そうか？」

「はい！」

「なら、いいのだが」

「はい!!」

ブンブンと頭を縦に振るわたしに、リキュール伯爵は驚いている。

しかし、そこから先は、何も聞かないでいてくれた。

こういう小さなところで、彼は本当に優しいのだ……。

女性が苦手だったはずなのに、会ったときからお優しかったし、契約結婚が決まった後もずっとわたしのことを気遣ってくれて、毎日何かあれば報告するように言ってくれたのも、伯爵様からで……。

（どうしよう。どうしたのかしら。なんだか、伯爵様のいいところばかりが思い浮かぶわ……）

急に始まってしまった脳裏に浮かぶ伯爵様の素敵なハイライトシーン集に、わたしはどんどん体がポカポカしていくのを感じる。

頬に手を当てた。

「熱い！」

「ど、どうしたマリア。やはり体調が悪いのではないか？」

「ち、違います！　ええと、体調は……でも、ええと……」

「……いや、無理をするのはよくない。おそらく熱があるんだろう、一人で立てるか？」

リキュール伯爵が、とうとう席を立ってわたしの側まで来てしまった！

本当に心配そうな顔をして、わたしの顔を覗きこんでいる。美しいご尊顔が、至近距離に！

「ちちち違うんです、あの、その、リーディアが！　は、伯爵様が、わたしのことを大好きー！　だなんて言うから、ちょっと、びっくりしちゃって、あはは……」

頭が真っ白になるくらい慌てると、人は真実を口にしてしまうらしい。

ハッと気がついたときには、何故わたしが慌てているのかを全て暴露してしまっていた。

そしてわたしは、唖然とした。

目の前の伯爵様が、固まったまま、頬を真っ赤に染めている。

じわじわ赤みが増していって、最終的に耳まで赤くなってしまった。

それを見て、わたしは理解した。

リーディアはわたしに、まごうことなき真実を伝えてくれていたのだ。

結局、絶賛大火傷中ではあるけれども！

「あ、の……」

「……っ、す、すまない。そ、れは……驚く、な……」

「……はい…………」

「……」

「……」

わたしは席に座ったまま、リキュール伯爵はわたしの席の隣に立ったまま、床を見つめて黙りこむ。

心臓の鼓動が怖いぐらいに速い。なんだかこの場から逃げ出したいような気がするのに、うまく体が動かない。

永遠とも思える時間が過ぎた後、リキュール伯爵がポツリと呟いた。

「今日は、自室で食べようか」

「はい」

「この話は、また、後日にしていいだろうか……」

「……はい」

それからのことは、あまりよく覚えていない。

気がつくと、自室でマーサに湯上がりの髪を乾かされていた。

「あ、あれ？　わたし、もう湯浴みをすませたの？」

「はい。先ほどしっかりと」

「そ、そう」

侍女達に手入れをされている鏡の中の自分をぼんやり見ながら、わたしはポツリと呟く。

「……ぜんぜん、釣り合わないのに」

「奥様？」

「わたし、すごく平凡で。このお屋敷には、相応しくなくて、だから、その……」

マイルドな茶髪に蜂蜜色の瞳。鼻ぺちゃではないものの、どこにでもいそうな平凡な顔立ち。

先ほどまで見ていたリキュール伯爵とは、全然違う。

可愛いリーディアとも、比べものにならない。

そうして落ちこむわたしに、マーサは嬉しそうにクスリと笑った。

わたしは不思議に思って、鏡の中のマーサを見つめる。

「奥様は、旦那様のお気持ちが嬉しくていらっしゃるのですね」

「えっ!?」

「だから、釣り合うかどうかを考えてしまわれるのでしょう？　マーサは、お二人はとてもお似合いだと思いますけれどね」

真っ赤になって涙目で震えているわたしに、マーサは優しい笑顔を返した。

そして、わたしの身支度が終わり、わたしをベッドの中に入れると、「おやすみなさいませ、奥様」とだけ言って、侍女達と共に去っていった。

ベッドに取り残されたわたしは、赤くなったり白くなったりして忙しかった。

（わたし、本当にどうしちゃったの!?　結婚とか、恋とか……考えてなかったのに……）

わたしはなんとなく、この契約結婚が終わったら、自分はもう二度と結婚しないんだろうなと思っていた。

一時的なお飾りの妻ならともかく、貴族夫人としては、自分は異質な存在となるだろうから——。

『——パパはママのこと大好きだって言ってたよ。ママ、嬉しい？』

可愛い声を思い出し、ブワッと体温が上がってしまう。

（……わたしは多分、よく分からないけれど……すごく、……嬉しいんだわ……）

どうやら、スナイパー《リーディア》の言葉は、わたしの心臓のど真ん中を撃ち抜いてしまったらしい。

そして、よく食べよく寝る健康優良児であることだけが自慢のわたしは、その日初めて、夜にろくに眠ることができないという経験をしたのだった。

6 受難と救い―過去編

「つまらない男」

最初の妻が最後に私に言った言葉は、こんなものだった。

私はリキュール伯爵家の一人息子として、この世に生を受けた。

子どもの頃は、祖父母も生きていたし、従兄弟も三人いて、人数は多くないけれども、それなりに賑やかな血族だったと思う。

そして、成長するにつれ、私はリキュール伯爵家が、高位治癒魔法師を生み出す特殊な家系として特別視されていることに気がついた。

とはいえ、別にどうということはない。

ほんの少し他の貴族よりも縁談が多いというだけで、他は一介の貴族と変わらなかったからだ。

しかし、親族が次々に亡くなってから、事態は急変した。

野盗に襲われた父母や、戦で亡くなった従兄弟二人はともかくとして、最後に従兄弟夫婦が事故で亡くなったときは、治癒魔法などなんの役に立たないと憤ったものだ。魔法の使い手が致命傷を負ってしまえば、治癒魔法を発動させることなどできない。役に立たない治癒魔法、その使い手を生み出すこの血に、いかほどの価値があるというのだろう。

そして、従兄弟夫婦が事故で亡くなったとき、せめて私に妻がいれば、事態はまだマシだったのだと思う。

しかし、あのとき私は既に、リーディアの母親とは別れていたのだ。

正確には、逃げられていた。

リーディアの母親であるカーラは、リーディアが生後半年のときに、署名済みの離婚届を置き去りに、不倫相手と共に出奔《しゅっぽん》してしまっていたからである。


カーラは、カウエン子爵家の長女だった。

そして、私とカーラの結婚が決まったのは、カウエン子爵家から婚約の打診があり、それを我がリキュール伯爵家が断りきれなかったからという、ただその一点に尽きる。

何やら、私の祖父はカーラの祖父に恩があったらしいのだ。なお、カーラが出奔したときは、余命いくばくかであった祖父は涙を流して私に謝っていた。

カーラは奔放な女性だった。

緋色の髪に、しっとりとしたタレ目が特徴的な、凹凸の激しい体つきで、常にしっかりと化粧を施していた。私が彼女の化粧を落とした素顔を見たことは、実は数えるほどしかない。

私とカーラが出会ったのは、私が二十歳、彼女が十九歳のとき。

両親と二人の兄に囲まれ、蝶よ花よと育てられた彼女は、気位が高く、また社交界デビューを果たしていた彼女は、恋に奔放な女性でもあった。

そんな彼女が何故私に興味を持ったのかというと、ひとえに見た目と血筋によるものらしい。

「あなた、夜会の王子って呼ばれてたのよ。治癒魔法師を生み出す血筋っていうのも特別感があってよかったわね。私、あなたを捕まえたことが自慢だったんだから。こんな男だとは思わなかったけれど」

彼女は、出奔するしばらく前に、こんなことを言っていた。

彼女は婚約当初から仮面のような笑みを貼り付けていて、私の方も正直、婚約や結婚とはこんなものかとつまらなく思っていた。

別に、お互いに恋をして結婚に至った関係でもない。

そもそも私には断る選択肢がなかったし、この婚姻を望んだ彼女が満足しているなら、仕方ないのだと割り切っていたのだ。

その代わり、彼女がある程度散財していても、見て見ぬふりをしていた。

娘に私の血が入っているかどうかだけは心配で、私だけでなく父母も使用人達も心配していたくらいだった。生まれてきたリーディアがあまりにも私そっくりな顔立ちであったため、一同、胸を撫で下ろしたことは記憶に新しい。

とにかく、私はカーラに自由に過ごさせていたのだ。

しかしそういう、彼女のすることに興味を持たない私の様子が、カーラにとっては非常に不満だったらしい。

「私、引く手数多《あまた》の人気の令嬢だったのよ。なのに何よ。そんなふうに一歩引いて、興味がなさそうにして」

「そういう訳では」

「何かあったときに静かになるところもいやだわ。本当に、失敗したわね……つまらない男」

以上が、彼女と最後に交わした会話だ。

そして彼女は、署名済みの離婚届と、「彼と出ていきます」という置き手紙を残して、出奔した。

私は、ああこんなものかと思った。

彼女のしたことは伯爵夫人としてありえないものではあった。しかし私はなんとなく、彼女らしいなと思ったのだ。そのくらいには、私は彼女のことを知っていた。そして、私に足りなかったものがあったことも分かっていた。だから、妻であるカーラが出ていったというのに、まあお互いうまくいかなかったな、程度の気持ちしか湧かなかったのだ。

もちろん、リキュール伯爵家としてカウエン子爵家に対し、今後一切関わらないようにと通告するぐらいのことはしたが。

問題は、リーディアだ。

私は、カーラとうまくやっていけなかったことについて、リーディアに申し訳ないと思っていた。リーディアは生まれたときから、乳母アリスに育てられ、母親に抱かれることもなく育ってきた。カーラの口からリーディアの話題が出ることはほとんどなく、その上、出ていってしまった。私は正直、後妻を娶れるとも思えない。リーディアはずっと、母を知らずに育つことになるのだと思うと、罪悪感で胸が痛かった。

そんな状況で、王家からのハニートラップ攻めが始まってしまったのだ。

私は、最初は大人の男として、寄ってくる女性達を必死に躱してきた。

気疲れはするけれども、嫌われている訳ではないのだから、愚痴を言うのも違うだろうと思い、耐えてきた。

しかし、精神的負担というものは知らず知らずのうちに蓄積していくようだ。

だんだんと体調を崩すことが増え、夜会で媚薬を盛られ、必死に馬車に乗りこんでリキュール伯爵家に逃げ帰った翌朝、私は女性に近づくことができなくなっていた。

室内に若い女性がいると、吐き気と眩暈《めまい》がする。

乳母のアリスでさえも、私は寄せ付けることができなかった。

どうにかしないとだめだと思えば思うほど、症状は悪化していく。

そうして、ある日、私は自分を消してしまいたくなるような酷いことをしてしまった。

「パパ、顔色が悪いの。大丈夫？」

そう言って駆け寄ってきたリーディアの手を、五歳の娘の手を、私は思わず払ってしまったのだ。

なんてことをしているんだと自分でも思った。

けれども、体が動かない。リーディアの手を握り、なんでもないと伝えないといけないと思うのに、手を伸ばそうとすると、体が震えて動かないのだ。

リーディアはその場で泣き叫んだ。

私に近づかないようにしてくれていた乳母アリスが、壁際から飛んできて、泣き喚くリーディアを回収していった。

静かに涙を流し、「殺してくれ」と言う私に、執事は何も言わずにガウンをかけた。

そうして、三日間ほどベッドで休んでいたところ、王弟殿下とマティーニ男爵がやってきたのだ。

エドワード王弟殿下は、私の顔を見るなり、頭を下げた。

「リキュール伯爵。この度のこと、大変申し訳なかった。王族の一人として恥じるべきことだと思う。許してほしいとは言わないが、まずは謝罪させてほしい」

そう頭を下げる王弟殿下を、私はどこか遠くの世界のことのように見ていた。

「そうですか」とだけ言い、俯いて黙ってしまった私に、エドワード王弟殿下は青い顔をしている。

「本当に申し訳ない。私はひと月ほど前に、隣国から帰ってきたばかりで、ようやく事情を知ったところなんだ。正直、兄上達がここまでアホだとは思わなかった……」

「エドワード殿下、素が出ていますよ」

「いつになく手厳しいな、マーカス」

「そりゃあそうですよ。だって、あまりにも可哀想じゃありませんか」

穏やかなそのテノールの声に、私はようやく顔を上げた。

そこには、恰幅のいい、人のよさそうな男爵が、ニコニコ笑って座っている。

「どうですか、リキュール伯爵。よかったらしばらく、うちに静養に来ては？」

「……静養？」

「はい。うちはしがない男爵領です。田舎くさくて、のどかで、時計のない場所も多いくらいで。のんびりできると思いますよ」

「……リーディアと、離れる訳には」

「今は離れた方が良いでしょうね」

薄く開かれた目に、私はギクリとして背筋を伸ばす。

「……どこまで」

「失礼ですが、先ほど執事殿に、あなたの状態を聞きました。今のあなたがリーディア様と共にいらっしゃるのは、得策とは思えません」

「しかし、……私は、リーディアの親です。たった一人の……」

「親である前に、一人の人間ですよ。私からしたら、君は息子ぐらいの歳でしかない。そんなに頑張らなくても、大丈夫です」

ハッと顔を上げた私に、マティーニ男爵は微笑んだ。

「うちの名産を知っていますか？」

「トマトと、カボチャと……」

「はい。夏野菜です。特にその二つですね。よくご存じだ」

「隣の領地の話ですから」

「うん、よく勉強なさっておいでだ。本当に勤勉でいらっしゃる」

頷くマティーニ男爵を、私はぼんやりと見つめていた。

何故だか、彼の言葉は心地よい。そのテノールの声に、私は耳を傾けた。

「私はね、畑が大好きなんですよ。いつも、あの実は今どんなふうに育っているのかとか、こんな品種改良はどうかとか、そんなことばかり考えている。でもね、気になるからといって触りすぎてはいけないんです。植物は手をかけすぎると、根腐れするからです」

「根腐れ……」

「はい。あなたは真面目だ。今のご自分の状況をなんとかしようとして、もがいていらっしゃる。けれども、それで解決していないということは、今のやり方だとほんの少しだけ、あなたの心に手をかけすぎなのでしょうね」

ホロリと熱いものが目からこぼれ落ちて、けれども私はそれに気がつかなかった。

マティーニ男爵は、そんな私にただ微笑んでいる。

「待つ時間が必要なときもあるんですよ。どうぞ、せっかくお隣ですから。二ヶ月ほど、秘密の視察ということで、どうですかな」

私は彼の申し出をありがたく受けることにした。

留守を任せると使用人達に伝えると、意外なことに、全員がホッとしたような顔をしていた。

「旦那様。マティーニ男爵と話をいたしました。今までもお付き合いはありましたが……あの方は、なかなかに狸《たぬき》ですね。男爵に収まるような方ではないようにお見受けします」

「うん。王弟殿下もそう言っていたよ。実際、爵位を上げようともしたそうだ。本人が断ったようだが」

聞いてみたところ、マティーニ男爵は、男爵領に『野菜大好き研究隊』なる部隊を発足させ、一致団結して活動をしているらしい。

彼にとって、趣味は畑仕事、本業は畑の研究、男爵領主の仕事は飯《めし》のタネなんだとか。

彼は『野菜大好き研究隊』の中では、海外からの情報を得たり、貴重な種を入手する係で、実は年の三分の一は各国を飛び回っているらしい。そして「男爵よりも爵位が上がったら、野菜大好き研究隊の業務が！」というのが、彼が爵位を上げたがらない理由なのだ。

そんな訳で、王弟殿下は結局彼の爵位を上げるのを諦めたのだとか。そして、「男爵っていうのも、まあ派閥とか関係ないし便利ではあるよな」と言いながら、趣味が高じて国際情報に通じている男爵マーカス＝マティーニのことを大変便利に使っているらしい。

そんな話をしていると、ふと、執事が真剣な顔をして、こちらを見ていた。

「旦那様。私どもは、旦那様の留守を何があってもお守りします。ですから、安心して視察に励まれてください」

　執事だけではない。使用人達は皆、覚悟を決めた顔をしている。

　実は、あの後、エドワード王弟殿下から恐るべき事実を知らされたのである。

「実はな、リキュール伯爵。この事態、もはや王家にも止められないんだ」

「え？」

「確かに王家は、リキュール伯爵の婚姻を進めようと、女性を差し向けた。リキュール伯爵の婚姻を暗に推奨もした。だが、実はひと月ほど前、私が帰ってきてからはそんな馬鹿なことはしないようにと兄上達に言いつけてあるんだ。だから、ここ一ヶ月、王家からリキュール伯爵家に対しては何もしていないはずだ」

「……」

　青ざめた私に、エドワード王弟殿下は頷く。

　この一ヶ月、ハニートラップ攻めは、特に止まる様子はなかった……。

「その……。リキュール伯爵は元々、女性に大変人気だっただろう？　王家の促しにより、リキュール伯爵に少しでも懸想している女性は皆、集団意識も相まって、今なら大丈夫と言わんばかりに行動しているようなんだ」

「……」

「もちろん、収束に向けて手配はしている。しかし、政治の力で、全ての女性の気持ちを止めることはできない。しばらくは現状が続くと思うので、申し訳ないが耐えてほしい。そういう状況を考えても、君はしばらく、この領地にいない方がいいと思う」

唖然とする私に、エドワード王弟殿下は再度頭を下げた。

リキュール伯爵邸に残る使用人達は、こういった事情を全て知っている。

その上で、一致団結して、リキュール伯爵家とリーディアを守ると言ってくれているのだ。

「皆、本当にありがとう。すまないが、あとは任せる」

私がなんとか笑顔を見せると、使用人達はしっかりと微笑んでくれた。

本当にありがたい、かけがえのない忠義者達である。

こうして私は、マティーニ男爵領へ、長期視察に向かったのである。

マティーニ男爵領での生活は、本当に穏やかなものだった。

男爵領では、多くの者達は日の出と共に起きてくる。

そして、畑を耕し、大地の恵みを得て、新鮮な野菜で作った料理を頬張り、生活していた。

私はマティーニ男爵領に来てからというもの、毎日日の出と共に起き、日が暮れると共に就寝していた。

そして、起きている間、ほとんど何もしていなかった。

『二週間は、何もしてはいけませんよ』

『だ、男爵……、しかし、私は』

『ダメです。いいから、この年寄りの顔を立てると思って。ね、大丈夫ですよ』

そう言ってマティーニ男爵は、私の頭を撫でた後、自分はいそいそと『野菜大好き研究隊』の研究室へと向かっていった。

私は、撫でられた頭に手を当てながら、ぼんやりと頷くことしかできなかった。

そして二週間、私は仕事は何もしなかった。

その代わり、男爵領をあてどなくトボトボと散歩し、畑仕事をしている様子を遠くから眺めていた。

もう少し近くに行って見てみたいとも思ったけれども、そうすると、畑で男性陣と話をしている私を見た女性陣が、ワラワラと話しかけてきてしまうのだ。

だから、私はマティーニ男爵から借りた黒髪のカツラと帽子をかぶり、分厚い眼鏡をかけて、さらに念には念を入れて、遠くから眺めるだけにしていた。

私はいつもの散歩ルートをたどり、木陰のベンチに腰を下ろし、持ってきた水筒を片手に息をつく。

今は夏だ。男爵領の農家で作られた夏野菜達が、世界を彩り鮮やかにしている。

空を見上げると、雲一つない空が抜けるように青くて、肩の力が抜けるようだった。

（こんなふうに、空を見たのはいつぶりだろうか……）

職場に夜会と、ありとあらゆるところに現れる女性陣から逃げるべく、この数年はとにかく、用事がなくなり次第帰宅し、家に引きこもって生活していた。本当に自分は余裕のない生活をしていたのだと、ここに来てようやく理解できたような気がする。

毎日、穏やかに過ごし、収穫の喜びに破顔する領民を見て、自然に触れ、新鮮な野菜料理を食べる。

たったそれだけのことが、こんなにも貴重でありがたいことなのだと、私はしみじみと感じていた。

　そして、毎日男爵領を散歩しているうちに、あることに気がついた。

　領民の会話の中にいつも、ある名前が出てくるのだ。

「マリー、こっちもよろしくー！」

「マリーこれ！　芽が生えたよ、男爵様も喜ぶだろうねー」

「もぎたてトマトだ！　あれ、マリーはどこだい？」

　マリーというのは、おそらく女性の名前なのだろう。

　けれども、農地に女性らしき人物はあまり見かけない。

　女性達は畑に出るより、室内で野菜を加工する仕事の方を好むので、スカートを穿いている姿が畑にあると、とても目立つ。しかし、いつも畑には、ズボンを穿いた面々しか現れないのだ。

　しかし、私には一つ、思い当たることがあった。

　もしかして、マリーというのは……。

「やあ、伯爵様。元気にしてるかい？」

　木陰のベンチでぼんやりと畑を眺めていると、隣に一人の若者がストンと座った。

　マイルドな茶髪に蜂蜜色の瞳。親しみのある顔立ちの彼は、マティーニ男爵の長男、メルヴィス＝マティーニだった。

　次期マティーニ男爵である彼は、父である現マティーニ男爵の指示で、何かと私の世話を焼いてくれている。

「はい。お気遣いありがとうございます」

「二週間経ったのに、まだ畏《かしこ》まってるねぇ。そりゃ、ストレスも溜まるってもんさ。はいよ、トマト」

　真っ赤に熟れた艶々のトマトを差し出され、私はありがたく受け取る。

　メルヴィスは麦わら帽子をかぶり、涼しげな半袖姿で、背負っていたトマトがたっぷり入ったカゴをベンチの横に下ろしていた。そして、トマトにかぶりついていた。貴族にはとても見えない。

　私は、メルヴィスを真似て、そのままトマトにかぶりつく。

　暑い夏の日差しの中、瑞々しく甘いその実は、今まで経験したことがないくらい美味しく感じられた。

「すっごく甘くて美味しいだろ？　これ、うちのマリ……いや、うちの家で開発して作ってる、最新のトマトなんだ。デザートトマトってやつを目指してるんだよ」

「デザート……トマトを、ですか？」

「そうさ。後もう少し甘かったら、それだけで果物みたいだろう？」

「今も十分甘くて、とても美味しいです。このぐらいがちょうどいいような」

「……なるほど。女性の意見ばかり取り入れすぎたかな。伯爵様みたいな貴族の男性からしたら、このくらいの甘さの方がいいのかもなぁ。後で教えておくか」

トマトを齧りながら難しい顔をしているメルヴィスに、私はつい顔を綻ばせる。

そんな私を見て、メルヴィスは笑った。

「おーおー。伯爵様、いい顔して笑うじゃん。やっぱりトマトは最強だよな」

「……そうですね」

「そうだ、伯爵様はさっき、何見てたんだ？　あっちの方、熱心に見つめてたけどさ」

私は、領民の皆が口にする『マリーさん』について、メルヴィスに尋ねる。

そして、自分の考えを伝えてみた。

メルヴィスは、非常に興味深そうに私の顔を覗きこんだ後、ニヤリと笑った。

「おー、気がついてたのか。へぇ、あれも一応女なんだけど……まあ、いい傾向ってことだな」

「伯爵様の想像どおりだよ。畑にいる、ズボンのちびっ子。あれが、『マリーさん』だ。ついでに俺の妹で、名前はマリアな」

メルヴィスの言葉に、私はパチパチと目を瞬く。

私が毎日眺めていた領民の中で、一番機敏に動き回っていたズボン姿の小柄な少年――ではなく、少女。

彼女は、なんと女性だっただけでなく、貴族であり、マティーニ男爵の長女マリアだったのだ。

「初めまして、伯爵様。マリアです！」

しっかりと日焼け対策はしているものの、麦わら帽子に髪の毛をしまい、まるで少年のような格好をした彼女は、初対面の私にそう名乗った。

「でも、いいんですか？　わたしが近づいてしまって、気分は悪くありません？」

「……いや、不思議なんだが、どうやら大丈夫そうだ。領民の皆が、毎日君の名を呼んでいたせいだろうか。あまり他人のような気がしない」

「そうですか？　それはよかった。では伯爵様、ごゆるりとお過ごしくださいね！」

「えっ」

そう言うと、マリアはあっさりとその場を走り去ってしまった。

私は呆気に取られた。

女性相手に、こんなにも興味がなさそうにされるとは、青天《せいてん》の霹靂《へきれき》だった。

隣に立っているメルヴィスは、呆然としている私を見てくつくつと笑っている。

「すみません、あいつ、基本的に適当なもんで。……興味もたれなくて、驚きました？」

「……ああ。その、そうだな」

「話がしたいなら呼んできますよ」

「いや、別に大丈夫だ。忙しいところを邪魔する訳にはいかない」

「真面目だなあ、もう。女どもがもてはやすはずだ」

　メルヴィスは笑いながら、齧りかけのトマトの最後の一切れをパクリと口に放りこむ。

「あいつ、伯爵様がいる間はずっとズボンで過ごすんですって」

「私がいる間？　何故？」

「伯爵様はうちに来た日、無理にうちの母さんに挨拶しようとしてぶっ倒れたでしょう？　だから、あいつなりに気を遣ってるみたいですよ」

　男爵家の家族構成は、男爵夫妻と、長男のメルヴィス、二男、三男に、長女のマリアである。なお、二男、三男は領地の外にいるらしい。

　私はマティーニ男爵領に来た日、当然のように男爵夫人と長女マリアにも挨拶をしようとした。やんわりマティーニ男爵に止められ、それでも「最低限の礼儀です」と私が言い募った結果、「とりあえず妻に会ってみますか？」ということで男爵夫人に挨拶をし、その途中で眩暈で倒れ、その後何度か吐いて昏倒してしまったのである。本当に恥ずかしい話である。

　長女のマリアはその話を聞いて、私に気を遣ってくれているのだろう。

「それは……申し訳ない」

「ありがとうって言ってやってください。その方が喜ぶから」

ハッと顔を上げた私に、メルヴィスは破顔する。

そして彼は、トマトの入ったカゴを背負って、男爵邸まで戻っていった。

私も、その後間もなく、男爵邸まで戻った。

食事をいただき、湯浴みをしながら、物思いにふける。

（私は、知らず知らずのうちに、気持ちが後ろ向きになっていたんだな……）

どうやら、私は自分で自分を追い詰めていたらしい。

長く息を吐くと、私は客間のベッドに身を沈め、マティーニ男爵家に来てから見た光景を思い浮かべた。

青い空。

色とりどりの野菜達。

トマトを齧って笑っているメルヴィスや、領民。

それに、一日中くるくるとよく動いている、小柄なズボン姿。

ふと頬を緩めた私はその日、ここ半年で一番深い眠りについたのだった。

そこからさらに一週間後。

私はマティーニ男爵にお願いをして、領民の収穫を手伝わせてもらうことになった。

「よろしいんですか？　畑仕事とはいえ、女性が全くいない訳ではないですが」

「はい。もうここに来て三週間ですし、今なら大丈夫そうな気がするんです。それに、その……」

煮え切らない態度の私に、マティーニ男爵が首を傾げていると、横からメルヴィスが口を挟んできた。

「伯爵様、マリアが気になってるんでしょう？　父さん、あいつに任せとけば大丈夫だよ」

「おやまあ」

マティーニ男爵が、目を丸くしてこちらを見てくる。

私が恥ずかしくなって目を彷徨わせていると、マティーニ男爵は嬉しそうに微笑んでくれた。

「それはいい傾向ですね。じゃあうちのマリアを案内につけましょう。無理そうならいつでもメルヴィスに代わらせますので、言ってくださいね」

その心地よいテノールの声に、私は素直に頷いた。

「マリアです！　って、もう挨拶はしてましたね。今日からよろしくお願いしますね、伯爵様！」

翌日から、マリアの付き添いのもと、私はトマトの収穫をすることとなった。

彼女は変わらず、畑作をする男性陣と同じズボン姿で、髪も帽子の中にまとめて入れてしまっている。どうやら、三つ編みにした髪をくるりとまとめて、麦わら帽子にしまいこんでいるようだ。

貴族令嬢として日焼け対策をしているらしく、長袖に手袋なので、彼女の肌はほとんど見えない。

一見、笑顔の素敵な畑作少年といったところである。

「本当はね、土や苗を作るところからやる方が楽しいんですよ」

「うわー、マリーが伯爵様に嘘を教えてるぞ」

「いや、ワシは分かるぞ。苗作りから始めてこそのトマトだ」

「ジェイコブ兄さん、話が分かるー！」

「俺は収穫作業が一番好きだから、ここだけやりてーわ」

「そんなこと言って、肥料の配合が一番好きなくせに！」

「バレたか」

ゲラゲラ笑っている男性陣に、マリアも元気よくカラカラと笑っている。

マリアは本当によく笑った。

貴族の世界では、こんなふうになんの衒《てら》いもなく笑う女性を見ることは滅多にない。

「そうだ、伯爵様。近くの作業場の女性陣には、伯爵様を見に来ちゃダメだよって言ってありますから。安心して作業してくださいね！」

そう言うと、彼女は熱心にトマトの収穫について教えてくれる。

真っ赤なトマトを収穫したら、残った実の位置を下げること。光が当たらないと中が空洞のトマトができてしまうので、位置を下げる前に邪魔になっている葉を剪定すること。剪定しすぎるとトマトにストレスを与えてしまうので、適度にやるのがいいということ。

「難しいな」

「慣れれば簡単ですよ。ほら、とりあえず、本日収穫一個め、いってみてください」

「うん」

私は、彼女が見せてくれたお手本を思い浮かべ、おそるおそる真っ赤なトマトを一つ、ハサミで収穫する。

ズシリと重たいその感触は、なんだかとても大切なものに思えた。

「せっかくなんで、水で洗って、食べちゃいましょ」

「マリーはトマトが食べたいだけだろ」

「もちろんよ！　このデザートトマト試作品四号、すっごく美味しいでしょ!?」

「違いねー」

「あ、コルトさん先に食べてる！　ずるい！」

ワイワイ騒ぐ彼らを見ながら、私は初めて自分で収穫したトマトを齧る。

口に広がる甘い味わいに、心が満たされるようだった。

じわりと視界が歪んで、私は慌てて腕で目を拭う。

「ね！　伯爵様、うちのトマト、めちゃくちゃ美味しいでしょう！」

トマトに夢中な彼女に、私は久しぶりに、女性の前で安心して微笑んだ。


それから一ヶ月半、マリアはずっと、私の案内役を買って出てくれた。

「よく分からないけど、わたしといるのが平気なら、わたしで慣らしていけばいいんじゃないですか？」

そう言って、私の女性恐怖症を治すべく、協力してくれたのだ。

彼女といると、不思議と心が軽かった。

毎日朝早く起きて、トマトが一番ではあるものの、ナスやきゅうり、カボチャのことを考え、昼にはカゴいっぱいの収穫物でご飯を作る。

新鮮な野菜を使った料理は、マティーニ男爵家に来た当時から美味しいとは思っていたが、食卓

に彼女が同席するようになってからは、特に美味しく感じるようになった。彼女は畑のことが大好きで、「これ、さっき収穫したカボチャです！　うちの名産品！」「今日のリスは、三種類採ったでしょう？　食べ比べですよ、どれがどれだか分かります？」と言いながら、本当に楽しそうに食事をするのだ。私はここ数年、食事を減らし気味だったが、彼女が前にいると自然と食が進んでくる。

　そうして、私がマティーニ男爵家に来てから二ヶ月が経ち、リキュール伯爵家に戻る日がやってきた。

「マティーニ男爵。本当に、ありがとうございました。この恩は、いつか必ずお返しいたします」

「そうですねえ。では、今度リキュール伯爵家の畑を視察に行かせてください。広い畑の運営の仕方は、何度見ても心躍るんですよね」

「もちろんです。是非お越しください」

　マティーニ男爵は、恰幅のいい腹を揺らしながら、楽しそうに笑っていた。

　彼と話をしていると、何故だか気持ちが軽くなる。お礼の受け取り方もうまい。こういうところは、本当に学んでいかなければならないと、私はしみじみと思った。

「うん。だいぶいい顔になりましたね」

「マティーニ男爵」

「けれども、リキュール伯爵。伯爵領に戻ったら、また前と同じ状況に陥《おちい》るでしょう。何か対策はあるのかな？」

私は今までのことを思い浮かべ、そしてマリアの方に視線を走らせた。

マリアは、キョトンとした顔で目を瞬いている。

彼女は私にとって、このマティーニ男爵領での生活を象徴する存在だった。太陽の日差し、明るい土地柄、色鮮やかな野菜達。そういった眩しくて大切なものを集めたような、そんな人だったのだ。

彼女と出会えたことは、私にとって本当に僥倖《ぎょうこう》だった。

彼女という女性がいてくれたおかげで、私は女性に対して、前ほどの嫌悪感を覚えずに済むと思う。

私は彼女に心からの微笑みを向け、そしてマティーニ男爵に視線を戻した。

「対策は、ありませんが……。きっと大丈夫です。ここでの経験があれば、折れずに済みそうだ。何より、早くリーディアに会いたいのです」

マティーニ男爵は私の方を見て、それから、自分の娘であるマリアの方を見た。

そして、しばらく考えこんでいた。

マリアは、まだ不思議そうな顔をしている。

「リキュール伯爵は、うちのマリアといるのは平気なんですね？」

「……？　はい」

「うーん、そうだなぁ。これはまあ、老人の戯言《ざれごと》と思って聞いてほしいのですが」

マティーニ男爵は、恰幅のいい腹を揺らしながら言った。

「せっかくなんで、うちの娘を隠れ蓑に使っては？　偽装結婚、というやつですね、ハハハ」

「「え!?」」

急に振られた話に、私は頭が真っ白になる。

ここに来て以来、私はそういった、私に関する恋愛や結婚の話に触れず過ごしてきた。久しぶりにその手の話題を振られて、また吐き気がすると思っていたが、意外なことにそんなことはなかった。むしろ何故か、心臓がドクンと大きく跳ねて、私は自分の反応に驚愕したのだ。

（マリアと、結婚……!?）

いや、真実結婚する訳ではない。

マティーニ男爵も、偽装結婚だと言っているではないか。

しかし、リキュール伯爵領に戻っても、彼女が傍にいてくれる。そのことを思うと、心が浮き立つようで、うまく言葉を紡ぐことができない。

そうして私が戸惑っているうちに、マリアが怒りだしてしまった。

「お父さん！　急に何を言ってるの？　せっかく伯爵様のご体調がよくなってきたところなのに！」

「でもなあ。彼がこのまま伯爵領に帰ると、伯爵領で待ってる女性陣が、久しぶりの伯爵様を見て大興奮してしまいそうだしなあ」

マティーニ男爵の言葉に、私は思わずビクッと体をこわばらせる。

マリアはそんな私を気遣うように見た後、再びマティーニ男爵の方を向いた。

「もう、本当にデリカシーがないんだから！」

「とはいえ、事実だろう？」

「それにしてもね、その対策案が下策もいいところだわ。偽装結婚って何よ、形だけでもわたしと結婚するなんて、女性が苦手な伯爵様は嫌に決まってるじゃない！」

「いや！　……そ、そんなことをしてもらえるなら、ありがたいが……」

「え？　嫌じゃないんですか？　わたしは、別に構いませんが……」

「え!?」

ポカンとしている私とマリアに、マティーニ男爵は穏やかに微笑んでいる。

「じゃあ、決まりだね。期間はどれくらいがいいかな。ほとぼりが覚めるまでということで、とりあえず一年でどうだね」

「えっ、お父さん、本気なの!?」

「マ、マティーニ男爵。そんな、あなたの大切な娘さんを」

「隠れ蓑があった方が、リーディア様も安全でしょうしね。マリアは別にいいんですよ、むしろ他の男と結婚するより、離婚後自由になる方が嬉しいだろう？」

「お父さん、娘に対して酷い言い草ね……まあ、そのとおりよ。伯爵様が嫌じゃないなら、わたしは歓迎です」

「マリア!?」

そんなこんなで、私とマリアの偽装結婚――いや、これは言い方がよくないな。契約結婚が、決まったのだ。

「ま、どうせ一年じゃ終わらないと思いますけどね」というマティーニ男爵の呟きは、私の耳にもマリアの耳にも届かなかった。

そうして、契約結婚生活が始まって二ヶ月。

マリアは、畑仕事をしなくなった代わりに、リーディアの面倒を見てくれている。実はマリアは、畑仕事というより働くこと自体が好きなようで、「今は子育てと屋敷のお手伝いが楽しいんです」とニコニコ笑っていた。

彼女は毎日食卓で、リーディアとの触れ合いについて語り、屋敷の中の出来事や、使用人達の仕事の素晴らしさを報告してくれる。

そうしてマリアが嬉しそうに屋敷のことを話し、各々の仕事を認めてくれるから、使用人達も喜んで張り切っている。リーディアのことも大切にしてくれて、リーディアは以前よりもずっと幸せそうにしている。

けれども何より、私が一番、彼女の存在に救われているのだ。

太陽のように眩しい笑顔の、私の天使。

いつも楽しそうにしていて、何の気なしに沢山のものを与えてくれるところは、父親のマティーニ男爵譲りなのだろうと思う。

彼女との結婚生活を、終わらせたくない。

だから、そのために必要なことをしなければならないと、私は覚悟を決めたのだった。

7　いつもと違う二人

『この話は、また、後日にしていいだろうか……』

（後日っていつなのー!?）

　リキュール伯爵に爆弾発言をかました翌日。

　朝食のために食堂に向かうわたしは、廊下をとぼとぼ歩きながら、心の中で身悶えしていた。

（朝食……伯爵様はいらっしゃるのかしら。わ、わたし……）

「マーサ。やっぱりわたし、自室で」

「あらあら奥様、もう食堂は目の前ですよ、急いでくださいまし」

「えっ、あの、待って、あのね」

「奥様ほら、旦那様がお待ちですよ」

「いるの？　いらっしゃるの？　あの、わたし……」

　よくよく見ると、食堂の前にリキュール伯爵付きの護衛が立っている。

　リキュール伯爵は既に、食堂にいるのだ。

　涙目で後退《あとずさ》りしようとするわたしの背中を、マーサは五十二歳とは思えない腕力でグイグイ押し、他の侍女達は相変わらず人間バリケードでわたしが自室に戻れないようにしていた。

　無言で連携しすぎじゃない!?

　結局、わたしが諦めて食堂に入ると、やはりというか、リキュール伯爵はいつもどおり、わたしを待っていた。

　彼はわたしを見るなり、パッと華やいだ笑みを浮かべる。それが、見失ったわたしを見つけたときのリーディアにそっくりで、わたしは否応なしに、彼がわたしのことを本当に大好きなのだと実感してしまった。

「お、おはよう、マリア」

「おはよう、ございます」

「せ、せ、席に着くといい。朝食を摂ろう」

「は、はい……」

　なんとか会話はしているけれども、この間、わたしは床と皿しか見ていない。

　リキュール伯爵も、わたしが彼の笑顔を見て真っ赤になって固まってしまったせいで、慌てて視線を外していた。彼もおそらく、会話の間、皿しか見ていないと思う。

「……来てくれてよかった。今日は会えないかもしれないと思っていたから」

「会えない？」

「その……気まずくて、自室で食事を摂るのかと」

「そ、そんな、ことは……」

「うん。……私は、マリアの顔が見られて嬉しい。ありがとう」

「……!?」

わたしは、リキュール伯爵からの直球ストレートを無防備に受けてしまい、致命傷を負った。

よく考えると、こんなふうに好意を示されたことは、今まで一度もなかった。それはそうだろう、わたしは女性達の好意から彼を守るためにここに来たのだ。当然、女性の気を惹かないよう全力で努力するリキュール伯爵しか見たことがない。

だからわたしは、彼の全力の好意がこんなにも破壊力が高いものであることを知らなかったのだ。

結婚から逃げ続けた、恋愛戦闘力が著しく低いわたしの心臓は、既に瀕死である！

そこから、わたしたちは朝食を摂ったけれども、いつもであればわたしの方が沢山喋るのに、今日はリキュール伯爵ばかりが話をしていた。

「マリアは最初に食卓を共にしたときから、この胡椒炒めが好きだったな」

「マリアの作る花壇の構図を見せてもらえるのを、楽しみにしているんだ。最近の私の楽しみの一つだ」

「リーディアが、マリアのことを大好きだと言っていた。わ、私も、その、……いや、これは後日だ。後日にする」

「マリアは本当に美味しそうにご飯を食べるから、私はいつも君と食事をするのが楽しみなんだ」

「マリアはうちの屋敷に来てからいつもその……色々な髪型をしていて、とても華やかで、良いと思う」

「マリアは」

「マリア」

「マリ」


「──旦那様、そろそろ時間でございます」

助け舟を出してくれたのは、執事だった。

リキュール伯爵は執事の言葉にハッとして顔を上げ、わたしの様子を見る。

わたしは、あまりの恥ずかしさに真っ赤になって、涙目で俯いて震えていた。

そんなわたしを見て、リキュール伯爵自身もジワジワと赤くなっていく。

「旦那様」

「そ、そうか。じゃあ、仕事に行かないとな」

そう言うと、リキュール伯爵は席を立ち、椅子に座っているわたしの傍までやってきて膝をつき、わたしの手を取った。

「マリア。明日は休日だし、私に時間をくれないだろうか」

「えっ」

「その……君には、色々と急な話だと思う。色々話したいことがあるし、聞きたいことがあったらなんでも答えたいと思っている」

「は、はい。そうです、そうですよね、話をした方がいいですよね」

「うん。だ、だがそれだけじゃなくてだな……というか、それは口実だ」

「口実」

「いや、大事なことではあるんだが！　それは分かっているんだ。しかし、その……」

わたしの手を握るリキュール伯爵の手に力が入る。

「私が、明日一日、君と一緒に過ごしたいんだ……」

鈍感なわたしでも、さすがに気がついた。

これは、デートのお誘いである！

それだけでもわたしの処理能力を超えているというのに、事態はそれだけでは済まなかった。

なんというか、目の前の伯爵様から色気がダダ漏れているのだ。

顔は上気しているし、リーディアと同じ紫色の瞳が潤んでいて、けれども何かを訴えるようにわたしを捉えて離さない。視線でわたしを殺しにかかってくる。恥ずかしさを堪えている様子も胸に迫るものがある。恐ろしい不意打ちである。スナイパーリーディアの父は、やはりスナイパーらしい。

（この父娘《おやこ》、なんて恐ろしいの……！）

「あ、う、あの、……」

「……いや、急すぎたな。すまない。まずは話を」

「ま、待って！」

「マリア？」

「あっ、いえ、……時間なら、ある、ので、大丈夫です」

「……！　そ、そうか。大丈夫か」

「は、はい。大丈夫です」

「そうか、よかった」

「はい、よかったです」

「うん」

「はい」

だんだん何の話をしているのか分からなくなりそうになりつつも、わたしとリカルドは必死に頷きあう。

わたしとリカルドは、しばらくそのまま頷きマシーンと化していたけれども、執事の咳払いによって我に返り、どちらからともなく慌てて手を離した。

「で、ではマリア、行ってくる」

「は、はい。いってらっしゃいませ」

「うん。……明日は、街に出ようと思う。楽しみにしている」

そう言って、リキュール伯爵はわたしに微笑みかけると、仕事へと向かっていった。

リキュール伯爵の手と足が同じ側から出ていたような気がするけれども、きっと気のせいだろう。

何しろ、彼の最後の笑顔が本当に嬉しそうで、わたしはもう恥ずかしくて恥ずかしくて、しばらく席についたまま動けなくなっていたから、彼をろくに見送ることができなかったのだ。

朝から頭がショートしていたわたしは、食事が済むと、何はともあれ子ども部屋へと向かった。

足元はフラつくし、脳裏にリキュール伯爵の笑顔が焼き付いていて、何度も頭がショートして足が止まったけれども、侍女マーサは黙ったまま、根気よくわたしの後ろについていてくれた。本当に頭が上がらない。

「ママ！　今日は何をするの？」

やっとの思いで子ども部屋に辿り着くと、可愛いリーディアが、わたしを見るなり笑顔で駆け寄ってきた。

その笑顔に癒されながらも、わたしはハッと目を見開く。

そういえば、明日はリーディアとは一緒にいられないのだ。

わたしはその場に膝をつき、リーディアと目線を合わせた。

「リーディア。その前にね、伝えておきたいんだけど」

「なぁに？」

「明日はね、わたしは一日出かけるから一緒にいられないの」

「だめ」

「えっ」

意外な返事に目を瞬くと、リーディアがわたしにギュッと抱きついてきた。

そして腕を緩めると、紫色の澄んだ瞳で上目遣いにこちらを見てくる。

「ママは明日もリーと一緒にいるの。だからだめ」

可愛い。可愛すぎて、もはや心臓が痛い。銀髪美少女が愛らしい顔で、熱のこもった視線で、わたしを殺しにかかってくる。今日は本当に、一体どういう一日なのだろう。リキュール一族が総出でわたしの心臓を握り潰しにきている。

全てを放り投げて、「そうね、明日も一緒よね」と叫びたくなったけれども、わたしは必死に堪えた。

あんなに嬉しそうにしていたリキュール伯爵に、悲しい顔をさせるのは嫌だと思ったのだ。

「リーディア……」

「だめなの」

「で、でもね」

「ママ、明日もリーといて？」

「ううっ……、あ、あのね、明日はパパと一日用事があって……」

「!!?　リーも行く!!」

　より興味を引いてしまった！

失態！　失態である！

しかし、目をキラキラさせながら、今まで以上の食いつきをみせるリーディアにわたしが慄いたところで、救世主が現れた。

　乳母アリスである。

「リーディアお嬢様、いけません」

「やだ！」

「お嬢様。旦那様のお言葉をお忘れになったのですか」

「パパの？」

「旦那様は、奥様が特別旦那様を好きになってくださるよう準備をする、とおっしゃっていたのでしょう？」

「ゲッホゲホゲホ」

「ママ!?」

「奥様!?」

流れ弾で死にそうなわたしに、リーディアは目を丸くし、乳母アリスも驚いている。

　過剰反応で申し訳ない。けれども、その話題を出されるとなんだか動揺してしまって、平静な自分を保てないのだ。今まで、こんなふうに自分を持て余したことはなかった。本当にどうしてしまったんだろう。

「だ、大丈夫。なんでもないの」

「でも、ママ。お顔が真っ赤よ！」

「大丈夫よ、少しびっくりしちゃっただけ。問題ないわ。話を続けて」

心配そうにしているリーディアを、わたしはギュッと抱きしめて誤魔化した。可愛いスナイパーは、きゃあきゃあはしゃいで嬉しそうにしている。よし、なんとかなったらしい。

なお、そんなふうに動揺を誤魔化すわたしを、乳母アリスは嬉しそうにニマニマしながら見ていた。

アリスさん……！

「コホン。では話を続けますが、お嬢様の計画のためにも、旦那様を応援しなければなりません。そうですよね？」

「……！　アリス、かしこいの！　リーはパパを応援する！」

「はい。二人きりにしてあげてくださいまし」

「うん！」

そう勢いよく頷いた銀色スナイパーは、ふと我に返ったような顔になり、目をパチパチと瞬いた後、首を傾げた。

「アリス。特別好きになってもらうのに、リーがいたらだめなの？　リーはパパとママと三人でいると、二人のこと大好きになるよ？」

「お嬢様。この場に私の娘のオレリアがいたとして、奥様と仲良くしていたら、お嬢様は……」

「リーはお留守番！」

そう言うと、リーディアはわたしの方を振り向き、わたしの手を握りしめた。

「ママ……明日、リーは……一緒に行きたいけど……お留守番するね……っ！」

「今生《こんじょう》の別れじゃないのよ？」

目に涙を溜め、意を決した顔でこちらを見るリーディアに、思わず冷静な言葉を返してしまう。

そんなわたしとリーディアを見た乳母アリスは、クスクス笑いながら尋ねてきた。

「奥様。明日はどちらに行かれるのですか？」

「街に行くらしいの。伯爵領の主都キュリアに下りるんだと思うわ」

「あら！　では本当にデートでございますね」

「デッ……!?」

「リーも行きたい……リーも行きたいの……リーも……」

「お嬢様」

「お留守番する……」

しおしおと項垂《うなだ》れているリーディアに、わたしも乳母アリスも苦笑する。

結局、落ちこむリーディアを慰めるため、わたしは自分を犠牲にすることにした。

「アー、えっと、なんてことかしら。明日のお洋服が決まってないわ。誰かー、選んでくれないカシラー」

「!!」

「そうですね、奥様。奥様のお部屋で、侍女のマーサ達が手ぐすね引いて奥様をお待ちしていると連絡が入りました」

「そ、そうなの!?」

「けれども、私ども使用人は、奥様とお嬢様の手足ですからね……誰か、指示を出してくださる方がいるといいのですが……誰か……奥様のお洋服を選んでくださる方が……」

「リーがやる!!!」

顔を上気させ、やる気に満ちたコーディネーターリーディアは、大きな瞳を溢れんばかりに見開き、小さな両手をギュッと握りしめたまま、わたしと乳母アリスに向かって叫んだ。

やる気で燃え尽きんばかりの勢いの銀色愛娘に、誘い受けをしたはずのわたしは、つい慄いてしまう。

「そ、そう？　ありがとう、リーディア」

「うん！」

「でも、その、リーディアはお洋服選びができるのかしら？」

「任せて！　ママ、なんとリーはね、着せ替え人形が……大の得意……！」

「人形」

そんな訳で、わたしはそこから一日、リーディアと侍女達の着せ替え人形となることが決定したのだった。

着替えの途中で「もうこれでいいんじゃないかしら」「充分よ」「ありがとう。じゃあもうこの辺で」と何度言っても、彼女達は止まらなかった。

人形に発言権はないのである。

デート当日の朝。

わたしは侍女マーサを筆頭に、やる気に燃える侍女達に囲まれ、出かける準備に追われていた。

もはや、王都の夜会にでも出るのかという勢いで、磨かれている。

何やら、わたしが昨晩呟いた一言が、侍女達の気持ちを煽ってしまったらしい。

いや、わたしとしては単なる事実を言っただけのつもりなのだ。昼間のリーディアと侍女達の勢いがすごすぎて、夜になってつい、「わたしが着飾ってもね、伯爵様やリーディアには敵わないと思うの」とこぼしただけなのだ。

しかし、わたしがふと背後を振り向くと、マーサを筆頭にギラギラした瞳の侍女達がこちらを笑顔で見ていて、「奥様は煽り上手でいらっしゃる」と言いながら、さっさとわたしを寝かしつけた。

そして翌朝は、起きた瞬間からギラついた笑顔の侍女達に囲まれていた。ちょっと怖くて変な声が出た。

それから、風呂にエステにと色々なものを塗りたくられ揉みこまれ、訳が分からないままサンドイッチを口に放りこまれ、拭かれ乾かされまた塗って巻いて装飾してと、何が起こっているのか理解できないまま、わたしはただただ椅子に座っていた。

「奥様、できましたわ！」

「は、はい……」

もはや目を閉じて精神統一という名の眠りについていたわたしは、目を開き、鏡の中の自分を見て唖然とした。

「え？　誰？」

「奥様、素晴らしいですわ！」

「会心の出来映えです！」

「肌も綺麗で、お顔立ちも化粧映えするから、腕が鳴りましたわ」

「髪の毛もふわふわで、何をしてもうまく収まってくれるので楽しくて」

興奮している侍女達を横目に、わたしは鏡に釘付けになっていた。

鏡の向こうにいる女性は、そういえば結婚式のときに一度だけ見かけたことがある気がする。

けれどもそのときよりも化粧は軽やかで、くるりとまとめた髪の毛から後れ毛が垂れているため雰囲気も柔らかく、何より街行き用の淡い黄色のドレスが軽やかな可愛らしさを演出していた。髪を彩る紫色のグラデーションのリボンが、華やかなアクセントになっている。

「す、すごいわ……皆さんの手は、魔法の手……！」

わたしが心からの称賛を贈ると、侍女達は誇らしげな笑顔で応えてくれた。

そしてその直後、騒《ざわ》つき始めた。

「奥様、もしかして、あくまでもこれは魔法の効果で、ご自分が美しい訳じゃないと思っていらっしゃいます？」

「顔の造りは変えられないのですよ！」

「この美しさは奥様が持って生まれたものです」

「旦那様に引けは取りません！」

「リーディアお嬢様とはまた違った魅力に溢れて」

「透明感のある可愛らしさが」

「わ、分かったわ！　分かったから、もうやめて……！」

どうしよう、リキュール伯爵家の侍女達が、こぞって誉め殺しにかかってくる。褒め言葉で溺死してしまう。リキュール伯爵家、恐ろしい家である。

「あの……少しね、自信がついたわ。みんな、本当にありがとう……」

わたしが恥じらいながらも必死にお礼を言うと、ようやく侍女達は気持ちを落ち着けてくれたようだ。

ほっと息をつくと、侍女達が嬉しそうに、「旦那様をお呼びしなければ！」「こちらに向かっていらっしゃるんじゃないかしら」「隣の部屋でお待ちになると先ほど」と言葉を交わしている。

それを横で聞きながら、わたしはソワソワと手を握りしめていた。

（伯爵様……少しは綺麗だって、思ってくださるかしら）

彼は毎日あのご尊顔を鏡越しに見ているのだから、わたし程度では心に留まらないかもしれない。

けれども、ほんの少しだけでも記憶に残るといい。

そんなふうに思っていると、侍女達が開けた扉の向こうから、屋敷の住人である二人の声が、廊下に響くようにして聞こえてきた。

「パパはね、ずるいの。リーも今度、ママとデートする」

「だめだ」

「パパ！」

「リーディアは妖精のように可愛いし、ママは天使のように美しいから、二人だけで街に出たら攫《さら》われてしまうだろう？」

「そんなことないもん。それにね、ママのことはね、リーが守るから大丈夫よ」

「ママを守るリーディアごと攫われるに違いない。パパならそうする。パパも行かないとだめだ」

「パパは忘れてるかもしれないけど、リーはね、もう六歳なの。すっごくお姉さんなの。だから大丈夫」

「そうか、リーディアはまだ知らないんだな……可愛いお姉さんはな……街を歩いていると、すぐに悪い人に攫われてしまうんだ……」

「そ、そんなの嘘だもん！」

「リーディアは街に一人で出かけたことがないから知らないんだな……」

「じゃあ、一人でお出かけして試してみる」

「絶対にだめだ」

「パパの意地悪！」

えっと、リキュール伯爵領の主都、そんなに治安が悪かったかしら!?

街を歩くだけで攫われる、そんな魔境に今から行こうというのか。

若干震えながら、扉の陰から廊下の先、声のした方をこっそり見ると、リーディアを抱えたリキュール伯爵の姿が見えた。

め、めちゃくちゃお洒落をしている！

焦茶色のアンティーク調のスーツが、品の良さを醸し出している。立っているだけで、匂い立つほどに美しい。そして格好良い。お人形のような、透明感のある美がそこに成立していた。しかも、そんな彼が、愛らしい美少女を腕に抱きかかえている。夢のコラボである。

わたしは怯んだ。

こ、これは、出直した方がいいのでは……。

しかし、侍女マーサ達がそんなことを許すはずもなく、部屋に引っこもうとしていたわたしは、気がついたら廊下に押し出されていた。もちろん、人間バリケードの仕業である。

リーディアとリキュール伯爵は、ポテッと廊下に現れたわたしに、目を留めた。

そして、二人して口を開けて固まった。

そ、それはどういう表情なの！

「天使……」

「天使さま……」

「!?」

口を開けて、そっくりな顔で震えだした二人に、わたしも訳が分からず震えることしかできない。

「あ、あの……」

「ママ。今日はお出かけ、やめよう？　リーと一緒にいよう？」

「えっ!?　で、でもね、今から伯爵様と街へ……」

「ママ。ママは綺麗で可愛い天使さまだから、街に出かけたらすぐに攫われちゃうの。とっても危険なの」

それさっき、「そんなの嘘だもん」って言ってなかった!?

「リ、リーディアは大げさね。たとえ悪い人がいたとしてもね、伯爵様が守ってくれるから大丈夫よ」

「ママ。パパがいても、ママは攫われちゃうわ。リーだったら……ママを見たら、頑張っちゃうもの……絶対に危ないわ……」

「頑張っちゃうの!?」

「絶対に諦めないの……」

リーディアの手のひら返しが酷い。

思い詰めた顔をしてわたしに注意喚起しているけれども、それ全部さっきあなたが言われて否定していたことだから！

助けを求めるべくリキュール伯爵の方を見ると、彼は顔を赤くしてわたしの方を見つめていた。

「伯爵様」

「部屋に閉じこめてしまいたい」

「えっ!?」

「私は君を守り切れるだろうか……いや、命に代えても君を家に帰す……！」

「そんな危険な街ですか!?　リキュール伯爵領の主都は！」

「それくらい君が可愛い」

あまりにも直球な言葉に、わたしは思わず息を止める。

「あまりにも美しい」

「ママ、綺麗なの……」

「街で見かけたら、声をかけたくなる輩がいるに違いない」

「リーの持ってるどのお人形さんよりもずっとずっと素敵なの」

「式のときも思ったが……マティーニ男爵は宝石を畑の中に隠していたんだな……」

「ママ、可愛いの……あっ、そうだ！　パパ聞いて。大事なものには、ちゃんと名前シールを貼ってなくさないようにするのよ。ママにもシールを」

「も、もうやめて!?　いいから、出発しましょう！」

「名前シールはどうする？」

「は、貼らない！」

「ママ、貼らないの？」

「ごめんね、貼らないの……！　伯爵様！　出発です！」

必死に促すわたしの横で、リキュール伯爵はくつくつ笑っている。もう！

一方、リーディアはもの悲しげな顔でこちらを見ていた。わたしは慌ててなんとか彼女をなだめ、リキュール伯爵がお土産の話題で彼女の気持ちを盛り上げたところで、即座に二人で馬車に乗りこみ、ようやく街へと向かうことができたのである。

8 お出かけ

【リカルド】

天気は快晴、雲一つなく晴れ渡っている。

しかし、私は空も、窓の外の景色も見ることなく、馬車に揺られる中、隣に座る彼女を見ていた。

今日の彼女は、あまりにも美しいのだ。

普段から、私の妻……そう、妻であるマリアは、とても可愛いらしい女性だ。本人は自覚していないようだが、愛らしさが目立つ優しげな顔立ちをしていて、パッと見たときよりも、近くにいるときにより美しさを感じるような、コスモスや白百合のような静かな魅力のある人なのである。

そう思っていたのだが、私は甘かった。

結婚式のときもだが、今日、私のために（私のために！）身支度をした彼女は本当に、目を見張るほど美しかったのだ。

正直、廊下にポロリと彼女が現れたときには、目を疑った。

彼女の美しさが、化粧を施されたことにより、はっきりとその存在感を露わにしている。リーディアが「ママはお日さまみたいだから、お日さまの色がいい！」と言って決めたというクリーム色の街行きドレスのスカートが、フワフワと軽やかに揺れ、彼女の明るい魅力を引き出している。それだけでもこちらの心臓はねじ上げられんばかりだというのに、リーディアによると、なんと彼女のフワフワのミルクティー色の髪を彩る紫色のリボンは、「リーディアと伯爵様の色も入れたいの……」という彼女の希望により決まったものらしい。なんだ、彼女はこれ以上、リキュール一族を虜にしてどうするつもりなのだ。リキュール一族は皆、既に君の掌の上だ。

　そんなこんなで、現在の私はマリアに首ったけであった。

　正直、私は自分がこんなにも彼女に夢中になってしまうとは、契約結婚が決まったときですら、想像もしていなかった。

　契約結婚が決まったとき――マリアが私との結婚に頷いて領地に来てくれることになったとき、私は不謹慎に喜ぶ自分の気持ちを抑えるので必死だったのだ。

　彼女との時間が続くと思うと心が浮き立ってしまい、そんな邪《よこしま》な気持ちを抱く自分が許せなくて、何よりマリアに申し訳なくて、私は彼女の前でなんでもないフリをするだけで精一杯だった。

　ただ、彼女の父であるマティーニ男爵には、私のやましい気持ちはすっかりバレていたらしい。

　彼は結婚式の日、マリアの美しさに狼狽える私に、いつもどおりの笑顔で、「ほら、あなたの妻ですよ」と言いながら、花嫁姿のマリアの背を押して私の方に差し出してきたのだ。

　顔を真っ赤にした私の前で、マリアは「お父さんたら、何を言ってるのよ、もう」と不思議そうにしていた。そして、そんな私達を見て、マティーニ男爵はニコニコ笑うだけだったし、ようやく対面できるようになったマリアの母であるマティーニ男爵夫人も、訳知り顔で柔らかく微笑むだけだった。なんというか、本当に私は、マティーニ男爵夫妻には全てを見透かされてしまっているらしい。

それでも、最後の抵抗とばかりに、一般的に初夜と言われるあの夜、私は寝室でマリアに対して、「私が君を愛することはない」と伝えたのだ。

それは、契約結婚とはいえ、一年間も赤の他人の男と扉二枚越しの寝室で過ごす彼女への配慮でもあったし、彼女と共に過ごすことを喜ぶ不埒な自分への戒めでもあった。

そして、襲ったりしないから安心しろと言う彼女に、安堵を覚えると同時に、心から残念に思う自分に驚いた。自分の中に、夜に女性に近づきたいという気持ちが生まれていたことが本当に衝撃的だった。

そして結局、私の抵抗は無駄に終わり、それから毎日、どんどん彼女のことを好きになっていってしまった。

さらには、トドメの一撃とばかりに、リーディアに私のマリアへの気持ちがバレてしまったのである。

最初は本当にどうしたものかと思ったが、自分の気持ちを隠すのをやめたことで、彼女との時間を手に入れることができた。本当に嬉しくて、我ながらこんなにも心を躍らせたのはいつぶりのことかと驚くくらいだ。しかも、彼女はこんなにもお洒落をしてくれて、もうそれだけで私は充分で

——いや、満足している場合ではない。その先を頑張らなければ——。

そんなふうに気持ちを固めていたところで、マリアから「あ、あの！」と声が上がった。

「うん？　どうしたマリア」

「そ、そんなに見ても、何も出てきません……」

どうやら、私が思考にふけりながらも熱心に彼女を見つめすぎたせいで、彼女を困惑させてしまったようだ。

すまないと謝ろうと思ったところで、思考が止まる。

恥じらいながらこちらを流し目でチラリと見ている可愛い人に、理性にヒビを入れられてしまったのだ。

「……君を見ていると、自然と愛しい気持ちが湧いて出てくるんだ」

「!?」

「こんなに可愛らしい君を見つめているのが私だけだと思うと、とても嬉しくて、目が離せない」

「え、あの、え？」

「今日は一緒に来てくれてありがとう、マリア」

「……!!　!?　……!?」

心に湧いてくる気持ちを隠さないまま、マリアに感謝の気持ちを伝える。

彼女は頬を染めて動揺していて、またそれが愛しくて仕方がない。

思わず笑みをこぼすと、目を潤ませたマリアが、不満いっぱいの顔でこちらを見た。

「伯爵様は、なんで、あの……」

「……うん。詳しくは、もう少し落ち着ける場所で話したいと思うんだ。いいだろうか」

「……はい」

「今はただ、楽しんでくれると嬉しい」

「…………はい」

いつも元気いっぱいの彼女が、静かに頷いて、そのまま目線を下げた。

可哀想に思い、いつもの笑顔を見たいと思う反面、私を意識して緊張してくれていると思うと、堪え難い喜びが胸に広がる。願わくは、これからもずっと、彼女の色々な表情を近くで見ていたい。

私は、自分の思いがけない欲深さに苦笑しながらも、今日これからの楽しい時間に、胸を躍らせるのだった。

【マリア】

わたしは困惑している。

そして、動揺していた。

先ほど、なんとかリーディアをなだめ、わたしとリキュール伯爵は馬車に乗りこんだ。あまりに必死だったので、馬車が出発したときには、本当に安心して息をついたのだ。

それが間違いだった。

馬車の中の方が危険だったのだ。

このキラッキラに美しいリキュール伯爵と狭い空間で二人きりという事実を、わたしは侮《あなど》っていた。しかも、これがデートだということを頭から飛ばしていたのだ。

そこにいるだけでフェロモンを発しているリキュール伯爵が、さっきからずっとわたしの方を見ている。

チラリとリキュール伯爵の方を見ると、蕩けそうな笑みが返ってくる。

これはいけない。このままでは、心臓が爆発してしまう！

そう思って、柔らかく「見ないでくれ」と伝えたというのに、ここぞとばかりに口説かれてしまい、わたしはまだ街に着いていないというのに疲労困憊だった。

(まだ、デートは始まったばかりなのに……こんなに大変なものだったかしら!? デートって……!)

困惑しながら、わたしはなんとか意識を未来に向けて気持ちを奮い立たせることにした。

未来といえば、そう、今から街に行くのだ。街といえば気になることがある。

リキュール伯爵領の主都キュリア。

王都からは少し遠めの位置にあるこの街は、商人や旅行者達が、王都に行く道すがらに必ず立ち寄ると言われるほど、賑わった街だ。

王都に繋がる街道が通っているという好立地に加えて、比較的温暖な気候のリキュール伯爵領は元々作物もよく穫れ、中核都市としても繁栄していた。王都ほどではないとはいえ賑わいがあり、領民の気質も比較的穏やかなので、住民は年々増えているのだという。

そんな主都キュリアの主立った悩みといえば、人が増えることによる治安悪化の問題や、移住者と領民の貧困格差、領民化への条件管理だ。

要するに治安が……多少、悪いのかもしれない。

だが、それにしてもだ。

(女性が一人で街に出たら、攫われてしまうの……!?)

確かに、わたしの実家であるマティーニ男爵領と比べたら、リキュール伯爵領の主都キュリアは段違いに都会だ。マティーニ男爵領は、通常の男爵領と同様に、二つ三つの村がくっついたような、狭い領地で形成された田舎領地である。そののどかで内輪な領地に比べれば、大量の人が行き来する主都キュリアは危険な地に違いない。

しかし、それにしても、そんなに頻繁に人攫いが出るものなのだろうか。

そういえば、わたしがかつて父のマティーニ男爵と共に国内各地を旅行したときは、父から「女の旅は危険だ」と言われて、わたしは道中、少年に見間違えられるような格好をしていた。

いや、だとしても、そんな馬鹿な。

街に住む女性達は、どうやって生活しているのだ……！

今までリキュール伯爵領の主都キュリアにも数回行ったことがあるはずなのに、いざ女性達がどういうふうに街を歩いていたかと言われると、パッと思い出せない。

わたしは不安で胸をいっぱいにしたまま、おそるおそるリキュール伯爵に尋ねてみた。

「あの、伯爵様」

「うん？」

「主都キュリアを女性が一人で歩くと、すぐに攫われてしまうのですか……」

わたしが上目遣いでリキュール伯爵を見ると、彼は目を丸くした後、キリッと真剣な顔つきをした。

美形が真面目な顔をすると、背筋に緊張が走るから不思議だ。

わたしが背筋を伸ばすと、リキュール伯爵が主都キュリアについて語ってくれた。

「うん、そうなんだ。主都キュリアは人の出入りが多い。それは知っているだろう?」

「はい」

「往来にも人が多い。だが、人目があるならば基本的に安全だ。だから人通りを歩いているときは基本的に問題ないが、裏路地に入れそうな道を横切るときは気をつけてほしい。そのまま路地に引きずりこまれると、もう二度と帰ってこられないと言われている」

「か、帰ってこられない!?」

「そうだ、二度と帰ってこられない。だからそんな事態を防ぐために、私は今日一日、街を歩くときには必ず、君としっかり手を繋いでいようと思う。これは防犯のために必要なことだ。分かるかマリア」

「……」

「マリア?」

「……伯爵様」

「すまない。あまりに真剣な様子だったので、つい」

「もう!」

「はははっ」

声を出して笑い出したリキュール伯爵に、途中まで真剣な顔をして聞いていたわたしは、頬を赤くして抗議の声を上げる。

「酷いです！　わ、わたしは真剣に……！」

「悪かった。だが、別に全て嘘という訳ではなくてだな」

「もう、だめですよ。そんなこと言っても、信じたりしません」

「私は幼少期に、実際攫われたことがある」

「!?」

「見てのとおり、結果的には無事だった訳だが」

唐突な告白に、今度はわたしが目を丸くする。

そんなわたしに、リキュール伯爵はクスリと笑った。

「リキュール伯爵家の女、子どもは、人攫いにとって非常に価値が高いんだ」

「価値……」

「うん。うちの家系は治癒魔法に特化しているからな。そして、なかなかその血が薄まらないのが強みらしい」

そう言うと、リキュール伯爵はこちらを見て、少し恥ずかしそうに何度か目を瞬いた。

澄んだ紫色が、その長いまつ毛の陰からその存在を微かに主張していて、わたしは吸いこまれるようにその瞳を見つめてしまう。

「私もリーディアも、銀髪に紫色の瞳をしているだろう？　これは、強い治癒魔法の力を引き継いだ証なんだ。そして、うちの一族は大抵、銀髪と紫色の瞳のどちらかを有していた。片方の色を引継ぐ者と、両方の色を持って生まれる者は、半々ぐらいの割合だったか……」

リキュール伯爵は、それから少し遠くを見ながら、「もう二人だけになってしまったな」と呟いた。その姿を見ていると、なんだか心が騒ついて、わたしはついその手に自分の手を重ね、握りしめる。

すると、ほんの少し瞳を見開いたリキュール伯爵は、嬉しそうに微笑んだ後、わたしの手を握り返してきた。

「そんな訳だから、リーディアが色を隠さず一人で街をフラフラ歩いていたら、数時間しない間に攫われるだろう」

「……！　ぜ、絶対に気をつけないと！」

「そうだな。だが、そう心配することはないよ。リキュール一族の者が外へ出るときは、他の貴族の倍の護衛がついている。それは、成人である私の外出であってもだ」

「そうなんですか」

「うん。私が幼少期に攫われたのは、私がいたずらで護衛の目をかい潜って抜け出したのが原因だったからな。基本的に、リーディアが自分で抜け出すか、身内の犯行でない限り、リーディアは大丈夫だ」

「よかった……」

ほっと息を吐くわたしに、リキュール伯爵はわたしの手を握る力を少し強くした。

……もうそろそろ離していただいても……。

そう思って少し手を引くけれども、リキュール伯爵はわたしの手を離してくれない。困ったように見つめても、嬉しそうな笑顔が返ってきてしまって、強く出られないのだ。しかも、リーディアと違い、自分の笑顔の効果を分かってやっている気配がする。それがまた、女心をくすぐってくる。末恐ろしい人である。

「あ、あの」

「君にはそういった事情がないから、その手の類《たぐい》の人攫いの心配は少ないと思う」

「そ、そうですね！　わたしは、一般人だから、大丈夫……」

「だから気をつけるべきは、君個人目的の不逞の輩だな」

「えっ」

「マリアは美しいから、一人でいたら声をかける男が後を絶たないだろう。それは、私が困る」

「……」

リキュール伯爵はそんなことを言いながら、するりと手を恋人繋ぎにするものだから、わたしは慄くことしかできない。自分の体温がガンガン上がっていくのが分かる。ど、どうしてこうなったのだろう。こんな精神的負荷をかけられるなんて、今日は一体なんなのだ。

そう思ってから、わたしは思い出した。そうだ、今日はデートの日だ。もしかして、今日は一日、ずっとこの調子で……!?

物も言えずにアワアワと狼狽えているわたしを見ながら、リキュール伯爵は心の底から楽しそうにしていた。

「だからこうして、街でも手を繋いでいないとな」

「エ、エスコートの腕組みでも充分では!?」

「バレたか」

「当たり前です！」

「じゃあ仕方ない、街では諦めよう」

くつくつ笑いながらも、リキュール伯爵はわたしの手を離してくれない。

もう既に心臓が爆発しそうだったわたしは、涙目で必死に訴えた。

「防犯のためなら、馬車の中では必要ないですよね……？　そろそろ、離してもいいのでは」

「それはダメだ」

「な、何故？」

「君が差し出してきたんだ。もう私のものだ」

「プレゼントじゃありません！」

「マリアがどうしても嫌だと言うなら、離そう……」

「え!?　い、嫌って訳では」

「それはよかった。じゃあこのままで」

「……!」

結局、言いくるめられたわたしは街に着くまで、リキュール伯爵と仲良く手を繋いでいた。

そして、緊張してしどろもどろになっている様子を、散々リキュール伯爵にからかわれた。本当に、もう!


なお、このとき実は、馬車の中のわたし達の賑やかな様子は、御者や護衛達に伝わっていた。馬車はある程度防音されているので、内容までは聞こえていないが、会話の雰囲気は伝わっていた。要するに、馬車の外からは、わたしとリキュール伯爵がイチャイチャしているような声が聞こえていたらしい。

「もうすぐ冬なのに、春だな……」

「俺、独り身なんだけど……熱くて焼け死ぬかもしれない……」

「俺、今日は早く妻に会いに帰るわ……」

その結果、こんな会話が、馬車の外では繰り広げられていた。

けれども、わたしは自分のことに必死で、まさかそんなふうに使用人達から生温かい目で見られていたなんて、つゆほども気がついていなかったのだ。

【リーディア】


リーディアは今日、パパとママの帰りを心待ちにしていた。

今日は朝から、パパとママが二人で街にお出かけをしている。ママにずっとこの家にいてもらうというリーディアの計画のために、パパが頑張る日なのだ。

リーディアは立派なお姉さんなので、大人の態度で――傍目には物悲しげな顔で瞳を潤ませながら――二人を送り出したけれども、本当は気になって気になって仕方がなかった。

何より、なんだか急に子ども部屋が静かになってしまって、本当に寂しかったのだ。

何しろ、ここ一ヶ月近く、大好きなママとのイベントが盛り沢山で、リーディアの生活は充実していた。なのに、今日はママが隣にいない。

だから、リーディアが何度も乳母アリスに「まだかな？」「ママとパパ、まだかな？」と聞いてしまったのは仕方がないことなのだ。

そんなふうにソワソワ過ごしていたリーディアは、夕方、廊下を歩く使用人の足音にピクリと反応した。

「パパとママかな？」と尋ねるリーディアに、乳母アリスが「さあ、どうでしょう」と微笑んだところで、チリリリンと子ども部屋の先ぶれの鈴が鳴る。

「リーディアお嬢様。旦那様と奥様がお戻りです」

リーディアは扉から部屋の外へ飛び出した。そして、脇目もふらずに走り出す。乳母アリスが「お嬢様！」と慌てて追いかけてきているけれども、全く気にならない。

（ママが帰ってきた！）

今日のママは、本当に本当に可愛かったから、街で攫われてしまうのではないかとリーディアは心配で仕方がなかったのだ。

リーディアはそれでなくても、普段のママを見るだけで、フラフラと引き寄せられてしまうというのに、今日のママはウサギのぬいぐるみのような、心惹かれる愛らしい装いをしている。リーディアが悪い人だったら、「そこの可愛いママ。リーのママになるのよ！」と攫ってしまっていたに違いない。早く会って、リーディア以外のママになっていないか確かめなければならない。

それに、パパは約束どおりママを守ったのだから、リーディアには、パパを褒めるという重要な任務があった。

子ウサギのように廊下を駆け抜け、スナイパーリーディアはようやく、目標を発見した。

「マ――」

「リーディア！」

なんと、リーディアが呼ぶ前に、ママがリーディアを呼んで駆け寄ってくるではないか。

リーディアは驚いて立ち止まったけれども、ママはそのままの勢いでリーディアに駆け寄り、リーディアを抱きしめた。

「ママ！　おかえり！」

「ただいま、リーディア」

リーディアはママが抱きしめてくれたことが嬉しくて、ニコニコと笑顔になる。けれども、ママはぎゅーっとリーディアを抱きしめたまま動かなくなってしまったので、リーディアは不思議に思って首を傾げた。

「ママ？　どうしたの？」

「えっと、その……」

「ただいま、リーディア」

ビクッとママの肩が跳ねて、リーディアまでびっくりして目を丸くする。

そこには、大きな包みを持ったまま困った顔をしたパパがいて、近くを見ると、頬を染めて目を彷徨わせているママがいた。

「パパ？」

「いや……うん。なんでもないよ、ただいま」

「……？　おかえりなさい」

「マリア」

「はっ、はいっ!?」

「今日は疲れただろうから、もう部屋に戻るといい」

「そ、そうですね！」

おかしい。

リーディアは眉間に皺を寄せ、二人の様子をジトッと見つめた。

何かがおかしい。違和感がある。そして、それに気がつかないスナイパーリーディアではない……。

「ママ。パパと何かあったの？」

「え!?　な、何もないのよ!?」

「パパ」

「何か……そうだな」

「伯爵様！」

「何もない。普段どおりだ」

「でも、二人とも目を合わせないの」

リーディアはそう言って、疑いの眼差しでパパとママを見た。すると、なんということだろう、パパとママは、リーディアの言葉にもかかわらず、目を合わせないまま、あーとかうーとか声を漏らしている。

　リーディアは気がついた。

　これはきっと、そういうことだ。

「喧嘩……」

　うじゅ、と瞳を潤ませた銀色娘に、マリアとリカルドはギョッと目を剝いた。

「ち、違うのよリーディア！」

「私達は別に、喧嘩はしていなくてだな」

「今日はお出かけで仲良くなるって……言ってたのに……」

「あー、ええと、なったぞリーディア。うん、そうだ、仲良くなった。うんうん、仲良くなったというか、物理的に距離は縮まった……？」

「そ、そこでわたしを見ないでください！」

　パパは頬を染めながらチラチラとママの方を見ていて、ママは顔を真っ赤にしてリーディアにしがみついている。パパは口元を隠しているけれども、何やら頬が緩むのを堪えているようだ。ますますリーディアにはよく分からない。

「ママ。パパはママを見ちゃだめなの？」

「え!?　いや、今のは言葉の綾というか」

「見ていいんだな、よかった」

「だめです！」

「ママ、喧嘩……？」

「違うの、違うのよリーディア」

「マリアがそっけないと私は悲しい」

「待って待って、お願い今は無理だからやめて……！」

「!!?　ママ、無理なの……!?」

「リーディアお願い、今日は許して!?」

気がつくとパパもママの横にしゃがみこんでいた。

リーディアはパパと二人でママを囲んで、必死に状況を聞こうと話しかける。けれども、ママはとびきり可愛い装いのまま、ウサギのように涙目でプルプル震えるのみで、詳細を教えてくれないのだ。一方で、ママの隣に寄り添っているパパは、ニコニコ幸せそうに微笑んでいる。しかし、やはり詳細を教えてくれない。リーディアは、納得いかずにぷくーと頬を膨らませる。

「ほらほら、旦那様。大人気《おとなげ》ない男性は嫌われますよ」

最終的に、ママの侍女マーサの一声で、その場は強制解散となった。

パパが使用人達によって強制的にパパの部屋へと追いやられたのだ。

その場に残ったリーディアがママの方を見ると、意外なことに、ママはパパの消えていった方を見つめている。

「ママ、パパを追いかける？」

「え!?　いえ、いいのよ！　そんなのじゃなくて！」

「そんなの？」

不思議そうにママを見るリーディアに、ママは首から上を真っ赤に染め、その場にいた乳母アリスは、クスクス笑いながら、可愛い奥様に向けて助け舟を出した。

「奥様。お嬢様に渡す物があるのでは？」

こうして、リーディアは今日のパパとママのお出かけのお土産として、彼女の肩まで背丈がある大きなクマのぬいぐるみを手に入れたのだった。先ほどまでパパが抱えていた包みの中身だ。柔らかい茶色のクマで、首にはリーディアの髪の色とお揃いの、銀色のリボンが巻かれている。

「大っきい！」

「そうなの。リーディアには大きすぎるからね、伯爵様とも、他の物にした方がいいかもって」

「だめ！」

紫色の瞳をキラキラ輝かせて喜んでいたリーディアは、ママの言葉を聞いて慌ててクマさんを背後に庇う。

「ママはね、もうクマさんをリーディアにあげちゃったの。だから、リーのものなの」

そう言って必死にクマさんを守るリーディアに、ママは何故か、「親子……！」と言いながら、またしても顔を赤くして震えていた。

9 男爵令嬢マリアの悩み

「俺の妻になれば、こんな畑仕事なんてしなくて済むんだ」

それはあるときに言われた言葉。

「私を支えてくれ。全て私に任せてくれれば、不自由はさせないから」

それは、ある人に言われた台詞。

それは、彼らが誠意ある言葉として、わたしに向けてくれたものだ。

けれども、わたしはそれを嬉しいと思うことができなかった。

だから、わたしは自分が結婚に向いていないのだと、心からそう思っていたのだ。

リキュール伯爵とのデートを終え、リーディアの寝かしつけが終わった後、わたしは夫人の居室にて身繕いをしていた。

思わず大きくため息をつくわたしに、侍女マーサがクスリと微笑む。

「マーサ」

「奥様。私でよければ、お話をお伺いしますよ」

「……」

「とても悩んでおられるのでしょう？」

俯くわたしの前に、それとなくカモミールティーが用意されていて、困り果てた顔でマーサを見つめると、彼女は柔らかく微笑んだ後、人払いをした。

どうやら、マーサは、わたしがこの手の話題に関して、若い侍女達に気後れしていることに気がついたらしい。

「奥様。今日のお出かけは楽しかったですか？」

「……ええ」

「それはようございました」

ニコニコと微笑むマーサに、けれどもわたしは、うまく言葉を紡ぐことができない。

「ほら、奥様。話してみたら意外と大したことではないかもしれません」

「……そうかしら」

「ええ。そして、悩みというものは、たいてい解決したい方向が決まっているものです。口にするだけで解決することも多いものですよ」

「マーサが解決してくれるんじゃないの？」

「解決いたしますよ。このマーサが、全霊をもって奥様の背中を押して差し上げます」

「勢いづきすぎて転《こ》けてしまいそうだわ」

「怪我は若いうちにするものです」

二人でクスクス笑いながら、わたしはカモミールティーを一口飲む。

柔らかい香りが、今日一日で緊張した気持ちをほぐしてくれるようだった。

「……伯爵様にね、告白されたの」

「はい」

「わたしをね、愛してるって」

「はい」

口をつぐんだわたしに、マーサは穏やかに問いかける。

「とても嬉しくお思いなのですね」

無言で頷くわたしに、マーサは嬉しそうに頬を緩めた。

「受け入れるのは、難しいですか？」

わたしがパッと顔を上げると、マーサはわたしの言葉を静かに待っていた。

　わたしは、しばらく目を彷徨わせた後、ようやく話を始めた。

「……わたし、二十歳を超えても、未婚の娘として男爵領にいたでしょう？」

「はい」

「やっぱりね、今まで、いくつか縁談があったの。わたしが嫌で、ずっと逃げ続けていたんだけれどね……」

　わたしは男爵令嬢だったので、元々、近隣の男爵領の跡取り息子に嫁ぐ予定だった。実は男爵家だけでなく、子爵家の令息も候補に挙がっていた。そして、何回か顔合わせをしたり、視察がてら挨拶もした。

　けれども、いまいちわたしが乗り気になれなかったのだ。

　彼らはわたしに、彼らの支えとなることを望んでいた。

　そして、洗練された貴族としての自分に誇りを持っていて、都会志向で、使用人達の仕事や領民達の仕事への興味が薄く――特に、畑仕事を忌避する傾向にあったのだ。

「いつか子爵に、いつか伯爵になるんだって。領地を発展させて、豊かになって、泥臭い仕事をしなくていいようにするんだって言うの」

「……」

「苦労のない暮らしをさせるから、結婚しようって言われたわ。そんな畑仕事をやらされるような酷い扱いはしないって言うの。トマトなんて、って……」

彼らが、善意でそれを言っていることは分かっていたのだ。

だからわたしも、その場では笑顔で感謝の言葉を述べた。

けれども、どうしても結婚に踏み切る気持ちになれなかった。だからずっと、結婚したくないと父にごねてごねて、ここまで未婚で通してきた。こうしてわたしの結婚話は、一度は結婚するべきだと考えていた父と、自分は結婚しなくても兄のメルヴィスが妻を迎えれば問題ないと思っていたわたしとの間で、ずっと平行線を辿ってきたのである。

とはいえ、わたしの年齢を考えると、父の追及から逃げ続けるにも限界が来ていたところだ。

だから、リキュール伯爵の契約結婚の申し出は、本当にありがたいものだった。

今後、結婚しなくていいという免罪符を手にするために、わたしはこの契約結婚に臨んだのだ。

けれども今日、その気持ちが覆ってしまった。

「旦那様は、違ったのですね」

マーサの言葉でリキュール伯爵の顔を脳裏に浮かべたわたしは、ブワッと顔を薔薇色に染める。

そんなわたしを見たマーサは、「あらあら」と目を瞬き、わたしが頬に手を当てる前に、冷やしタオルを差し出した。彼女は優秀すぎる侍女なのである。

「伯爵様は……畑の中にいるわたしが好きだって言ったの」

『――私は、素朴な……あるがままの君を、とても愛おしく思っているんだ』

今日、小高い丘の上の見晴らしのいいカフェで、彼はそう、わたしに伝えてくれた。

『……なんと言ったらいいのだろうか。私はあのとき、畑の中で、何かに媚びることなくただ収穫を喜び、飾ることのない姿でいたマリーと呼ばれる女性の存在に救われたんだ。そして今も、彼女以上に美しい女性はいないと思っている……』

そう告げた後、リキュール伯爵は、わたしを愛していると言った。

そしてそれが、どうしようもなく嬉しかったのだ。

心臓がバクバクと騒がしくなるし、瞳は潤んでくるし、何よりリキュール伯爵を見るだけで体温が上がってしまって、結局、デートどころではなくなってしまったのである。

どうやら、リキュール伯爵は、わたしの心臓のど真ん中を射貫いてしまったらしい。

さすがはスナイパーリーディアの父。やはり彼も、凄腕スナイパーだったのだ。

「それでね、仕方がないから、そのまま帰ってくることにしたんだけど」

「はい」

「その……ば、馬車の中で、あの……事故がありまして」

「……。なるほど、坊っちゃ――コホン、旦那様が悪さをしたんですね。後でとっちめてやりましょう」

「あ、いえ、いいんです。わたしが悪かったので……」

素直に、わたしが動転しすぎていたのが悪いと思う。こんな気持ちになったのは初めてのことだとはいえ、馬車の中に二人きり、しかも相手は好きだと告白してきたばかりだというのに、「あなたのことが気になって仕方ありません！」というオーラ全開でわたしは身を縮めていたのだ。馬車が揺れてちょっと手が触れるだけでも過剰に意識してしまって、わたしがずっとそんな態度だったものだから、馬車の中は甘々で焦れったい桃色空間に変貌していた。だから、触れた手にドキドキしながら、恨めしげにリキュール伯爵を見上げたところで、色々と事故が起こってしまったけれども、本当にあれはわたしが悪いのだと思う。それに、恥ずかしいけれど……決して嫌ではなかったのだ。

「……こんなに贅沢なことがあってていいのかしら」

「奥様？」

「わたし……全然、貴族の奥様に向いてないと思うの。綺麗な街も嫌いではないけれど、畑や下町の方に興味があるし。執務も領地管理もできるけれど、この家の使用人の皆さんにお仕事を習うのもすごく楽しくて。仕事の貴賤とか、身分のことを考えるのも苦手だし、服も動きやすさ重視でいいと思っているし……」

結局、わたしは下町気質なのだ。

しかも、それだけではない。

わたしは、働くことが好きだ。

働いている人を見るのも、その人達の成果を見るのも好きだ。

そして何より、わたしがやってきたことや、価値があると感じたものを、大切にしてくれる人達の中で生きていきたいと思っている、面倒臭い存在なのだ。

そして、そんな面倒なわたしと、近隣の領地の貴族とは、どうにもウマが合いそうになかった。

「だから、マティーニ男爵領に居残るのが、わたしらしく生きていくために、一番手っ取り早かったの。だけど、伯爵様と結婚して、わたし、とても生きやすくて……」

リキュール伯爵は、わたしの話をいつでもしっかり聞いてくれた。

大切なリーディアの教育方針を、わたしに任せてくれた。使用人達の手伝いの話を興味深そうに聞いてくれた。わたしのやったことの成果を認めて、やりたいと思ったことを、できる限り実現するべく、支えてくれた。

今なら分かる。彼は自分以外の人、一人一人の仕事を尊重してくれているのだ。だから、他の人にしているのと同じように、わたしのことも尊重して、認めてくれた。

そんな彼が、わたしのことを望んでくれている。

「わたしばっかり、幸せなの。こんなにも大切にしてもらって、素敵な人たちに囲まれて、可愛いリーディアとも一緒にいられて」

「……奥様」

「わたしもね、伯爵様を大切にしたいのよ。リーディアのことも、リキュール伯爵家を支えてる皆のことも、沢山幸せにしたいと思ってる。だから、わたしなんかが伯爵家に嫁いで、皆に後悔させないかって不安なの。田舎の男爵令嬢に過ぎないわたしよりも、きっと、相応しい人が……」

声が震えて、ポロリと熱いものが瞳からこぼれ落ちた。

マーサがわたしの手に、自分の手を重ねてくれる。

わたしは、涙を堪えることなく、マーサを見た。

「な、なのにね。わたし、今日、嬉しくて、動揺して、このまま流されてしまいそうになったの」

「はい」

「伯爵様が、好き……。その気持ちだけで、伯爵様の申し出を受けて、リキュール伯爵夫人になろうとしたの。リーディアの本当のママになるところだったの。あの子には、生みの親だっているのに……こんなわたしが、あの子の『ママ』をもらうなんて、本当にいいのかって」

「奥様」

マーサはわたしの手を握りしめて、真っ直ぐにわたしを見た。

「完璧な人間はいないものです。悩むことも大切ですが、思い切ってやってみることも一つの方法なのですよ」

「そう、なのかしら……」

「結婚のように、家族を作るということは、とても勇気の要ることです。けれども、他のことと違って、いいこともあります」

「いいこと？」

「はい。一緒に頑張ればいいのです。奥様が幸せにしたいと願う新しい家族は、きっと奥様の力になってくれますよ」

　目を見開いたわたしに、マーサは優しく微笑んでいた。

　わたしはポロポロ涙をこぼしながらも、思わずクスリと笑ってしまう。

「すごい。本当に、背中を押されたわ」

「はい。そうお伝えしましたでしょう？　だから、背中に手形がつくくらい押させていただきました」

「ふふ。やっぱり、勢いがつきすぎて転んでしまいそう」

「きっと旦那様とお嬢様が、両脇から助け起こしてくれますね」

「うん……」

　マーサに感謝を告げると、彼女は頭を下げて退室していった。

　わたしは本当に恵まれているのだと思う。

　嬉しい気持ちで、浮かれているのかもしれない。

　けれども、新しい家族と一緒に……。

（明日の夜、伯爵様が仕事から戻った後に返事をしよう）


　翌朝、わたしはリキュール伯爵を仕事に送り出すときに、夜に時間が欲しいことを伝えた。

リキュール伯爵は少し緊張した面持ちで、今日は早く帰ると約束してくれた。
そして、わたしがリーディアと過ごしているところに、事件はやってきた。
なんと、リーディアの実母カーラが襲来したのである。

10 お呼びでない訪問者

その日、子ども部屋にて、わたしとリーディアと乳母アリスは三人で遊んでいた。

午前中は勉強もかねたゲームをするため、クイズに見せかけた算数の勉強をしたり、文字カードで遊びながら文字《スペル》を覚えたりしていた。リーディアは負けん気の強いコツコツ努力の子なので、このやり方が性に合っているようだ。

そうして普段と同じ時間を過ごしていると、何やら外が少し騒がしい。

不思議に思っていると、わたし付きの侍女のマーサが室内に入ってきた。

「奥様、よろしいでしょうか」

「なぁに、マーサ」

「ここでは憚《はばか》りが。外でよろしいですか」

「……？　分かったわ」

わたしは、「ママ、いってらっしゃい。早く帰ってきてね」と言うリーディアに、「すぐに戻るわ。大好きよ」と頭を撫でて部屋を出た。これを言っておくのと言わないのとでは、リーディアの子ども部屋脱出欲に大きな差が生まれるのだ。リーディアは私の言葉に、満足そうに頬を緩めている。

可愛い。わたしが子ども部屋を出ていきたくない。

　しかし、そんな訳にもいかないので、わたしは廊下に出た。

「マーサ、どうしたの？」

「実は、門の外に、その……アポイントメントのない来訪者がいらっしゃいまして」

「伯爵邸ではこういう場合、まずは一旦お帰りいただいているわよね。もしかして、その人が今、外で騒いでいるの？」

「はい。それで、その……」

　煮え切らない様子のマーサに、わたしはピンと閃《ひらめ》く。

「追い返しづらい人なのね？」

　わたしの言葉に、マーサは困った顔で、項垂れる。

「その来訪者というのは、旦那様の元奥様なのです」

　わたしは予想だにしない来訪者に、目を丸くした。


「へぇ。あなたがあの人の今の妻なの」

居丈高な態度の訪問客に、わたしは目を瞬く。

目の前の人物は、なんというか、わたしの生活圏内にいないタイプの女性であった。

艶々の緋色の髪に、しっとりとしたタレ目が色っぽい。体つきも凹凸が激しく、今も大きく開いた服の胸元から、たわわな果実が存在感をアピールしている。わたしは思わず、自分の胸元に目をやった。いや、何も言うまい。わたしは視線を、彼女に戻した。

「突然のご訪問、痛み入ります。まずは名乗っていただけますでしょうか」

そう、まだ彼女は名乗りを上げていなかった。伯爵夫人に対して、驚くべき態度である。

実は、彼女は門の前で「リーディアに会わせなさいよ！」「私は母親なのよ！　中に入れなさい！」と大声で騒いでいて、リーディアに聞かれる訳にはいかなかったので、仕方なく事情を聞くため応接室に通したのだ。彼女は応接室に入ると、じろじろとわたしを舐めるように見た後、勝手にソファに座った。そして、ようやく発した言葉が先のものだ。

なかなかに強敵である。

わたしの常識は、彼女には通用しないだろう。どうにも生きる世界の違いを感じる。

ちなみに、リキュール伯爵は近くの事務所にいるらしいので、早馬で知らせておいた。

すぐに駆けつけてくれるとは思うので、それまでなんとか時間稼ぎをしたい。いや、彼がやってくる前に、それとなく帰っていただくのが最善か。

「何よ。あなた、私の後釜なんでしょう？　あなたから名乗りなさいよ」

「わたしは今、伯爵夫人としてあなたと話をしています。一介の平民に軽く見られて良い立場ではございません」

「なんて生意気なの!?」

「あなたの方こそ、態度をわきまえられた方がよろしいかと思いますよ。今のあなたは、なんの地位も財も持たない、ただの民なのでしょう。無礼を働くのであれば、相応の罰を受けますよ」

　わたしは背筋を伸ばし、毅然として彼女に向き合った。

　そんなわたしに、向かい合った彼女よりも、壁際で控えている使用人達の方が目を見開いている。

　わたしは領民や使用人とは仲がいいし、敬語も使わずに接しているが、別に貴族令嬢としての礼儀作法を知らない訳ではないのだ。

　父は「自ら可能性を潰すのは愚か者のすることだ」と言い、様々な教育をわたしに施した。そういう最低限の知識と貴族としての自信がなければ、たとえ仮初めとはいえ、わたしは伯爵家の妻という立場を引き受けたりはしない。ただの隠れ蓑とはいえ――夫の足を引っ張るような存在では、いたくない。

　わたしが静かに緋色の彼女を見つめると、彼女は一瞬、怯んだような様子を見せた後、仏頂面で答えた。

「……私はカーラよ。リキュール伯爵の妻だったわ」

「そうですか。わたしはリキュール伯爵が妻、マリアと申します。それで、あなたはこの家に何をしにいらしたのですか？」

「リーディアを引き取りに来たわ。私は母親だもの」

当然のように吐き出された言葉に、わたしは目を見開く。

そして、怒りで手が震えるのを感じた。

今更何を言い出すのだろう、この女性は。

「それは、どういう目的で？」

「娘と暮らすのに、理由がいるっていうの？」

「当然です。あなたは自分の意思で、リーディアを置いてこの家を出ていったではありませんか。六年も音沙汰がなかったのに、急に一緒に暮らしたいなど、何か他に目的があると疑って然るべきです」

「……面倒臭い人ね。子どもを引き取るって言ってるんだから、大人しく渡せばいいじゃない。あなたにだって、メリットしかないでしょう？」

「なんのことか理解しかねます」

本当に、なんのことかさっぱり分からない。

眉を顰《ひそ》めるわたしに、彼女はニタリと笑った。

わたしは嫌悪感で逃げ出しそうになる体を必死にその場に留める。

「あなただって、新婚だもの。夫婦水入らずで過ごしたいでしょう？　子連れと結婚だなんて、嫌になる気持ちは分かるわ。自分の子を産んでもいないのに親扱いされるなんて災難だったわね。私が責任を持って引き取るから、あとはあの男と、水入らずで楽しみなさいよ」

ポカンとしたわたしに、カーラは勝ち誇ったように笑うと立ち上がった。

扉から出ていこうとするので、わたしも慌てて立ち上がる。

「そんな訳で、あの子は連れていくわね」

「!?　何を言い出すんです！」

「どうせ子ども部屋にいるんでしょう？　こっちよね。リーディア！　リーディア、いるの!?」

「おやめなさい！　マーク、フレディ、この人を追い出しなさい。街に送っていってちょうだい」

リーディアは上の階の室内にいるはずだ。子ども部屋は比較的防音がしっかりしているので、廊下にさえ出ていなければ、はっきりと声は聞こえないはず。

わたしは、これ以上彼女を伯爵邸に置いておくことは適切でないと判断し、護衛のマークとフレディに彼女を追い出すように指示をした。

リーディアの母であり、リキュール伯爵の前妻である彼女を、伯爵の現在の妻であるわたしが無下に扱うことは正直ためらわれたが、彼女の行動は許せる範囲を超えている。

マークとフレディは、わたしの指示に即座に従い、カーラを両脇から取り押さえた。

「私はリーディアの母親よ！　伯爵令嬢の母親に、そんな無礼が許されるの！」

「リーディアの母として面会を希望するのであれば、節度を守り、然るべき方法で申し出るべきです。……二人とも、彼女を連れていって」

「リーディア、ママよ！　あなたに会いに来たわ、リーディア！」

「大声を出さないで。……だいたい、あの子の気持ちをなんだと思って――」

「……ママ？」


そのとき、廊下の陰から、白銀の可愛い影がひょっこりと姿を現した。

「……ママ？」

廊下の陰から、白銀の可愛い影が——リーディアが、ひょっこりと姿を現した。現してしまった。

彼女はわたしが作ったウサギのぬいぐるみを抱えたまま、怯えた様子でこちらを見ている。

わたしは、自分の失態を知った。

立場など気にせず、カーラを追い返すべきだった。

カーラは、どう見てもリーディアにいい影響を与えるとは思えない。会わせるとしても、リキュール伯爵の判断を仰いだ上でのことにすべきで、こんな形で対面させてしまったのは、わたしのミスだ。

護衛のマークとフレディに拘束されていたカーラは、リーディアを見て笑った。

獲物を見つけた狼を思わせるその表情に、リーディアはビクリと震える。

わたしは慌ててリーディアに駆け寄り、彼女を抱きしめた。

廊下の向こうから、乳母アリスや侍女達が慌ててやってくるのが見える。

「リーディア、驚かせてごめんね。抜け出してきちゃったの？　今はね、お部屋に戻ろうか」

「ママ？　で、でも、その人……」

「そうよ、ママよ！　この人は偽者。私があなたを産んだ本当のママなの！」

「リーディア、聞かなくていいのよ。大丈夫だからね」

ぎゅっとリーディアを抱きしめる腕に力を入れると、リーディアはわたしの服をしっかりと握りしめた。

「リーディア、こちらにいらっしゃい。本当のママと一緒に行きましょう！」

「本当の、ママ……？」

「そうよ！　あなたは、私が産んだの！　あなたは私と暮らすべきなのよ。ここにいてはいけないの」

「リーは、ここに……」

「そんな訳ないわ。ここはリーディアの家よ。あの人の言うことは気にしちゃダメよ」

「……！　あなただって、リーディアのことを邪魔だと思っているくせに、本当に偽善者……！」

「マーク、フレディ。早く連れていきなさい」

「……！　はい！」

「畏まりました、奥様！」

護衛のマークとフレディはリーディアの登場に戸惑っていたけれども、わたしの再度の指示により、カーラを扉の方に引きずっていった。

わたしは、腕の中のリーディアの体が震えていたので、カーラが見えないような角度で、彼女を抱き抱える。

「お部屋に戻りましょう、リーディア。怖かったね、ごめんね」

わたしはリーディアの頭にキスをすると、震える体を抱えたまま、子ども部屋へと向かった。

蒼白な顔で慌ててやってきた乳母アリス達は、引きずられていくカーラからわたし達が見えないように、体でガードしてくれた。

「ママ……ママ……」

「どうしたの、リーディア」

「ママは……リーのこと、邪魔？　リーは……いない方がいい？」

ポロポロと静かに涙をこぼすリーディアに、わたしは頭の中が真っ白になる。

そこに、追撃のように、遠く、廊下の向こうから叫び声が聞こえた。

「なによ！　子どもなんて、世話ばかり焼かせて、面倒で仕方がないじゃない！　私が有効利用してあげるって言ってるんだから、寄越《よこ》しなさいよ！　自分で産んだって可愛くないのに、他人の子なんて受け入れられるはず――」

「もーっ、ふっざけないで!!　リーディアはわたしの子よ!!!」

わたしは怒った。

怒髪天を衝く、とはこのことだ。

わたしの可愛いリーディアが面倒ってどういうことなの。

悪魔なの？

急に大声で叫んだわたしに、リーディアは目を丸くしている。使用人達も、驚いている。

カーラも、あれだけ叫んでいたのに、言葉を発せず唖然としていた。

しかし、わたしの怒りは収まらない！

「リーディアはわたしの大事な娘よ！　本当のママも仮のママも全部わたしだけ！　他の人に渡すもんですか、この子はずっとわたしの可愛い娘よ！」

「マ、ママ……」

「面倒なわけないでしょう、リーディアがいて笑ってくれるだけで、どれだけ毎日幸せだと思ってるの！　たとえ伯爵様と別れたってわたしはリーディアのママよ、あなたの入る余地はないの！　絶対譲らないから！　ほら、さようなら！」

「……別れたりは、しないけどな」

ふと、玄関の向こうから、聞き慣れたハスキーボイスが聞こえた。

よくよく見ると、リキュール伯爵が扉の外側に立っている。相当無茶をして来てくれたらしく、髪も息も乱れていた。

リーディアは「パパー！」と喜びの声を上げ、わたしはリーディアを抱き抱えたまま、その場にへなりと座りこんでしまった。

床に足がついたリーディアは、リキュール伯爵の方に駆けていくかと思ったけれども、意外にもわたしにしがみついたまま離れなかった。

リキュール伯爵は、マークとフレディに両脇を抑えられているカーラを冷たく見据えた。

「カーラ」

「あ……、リカルド、これはね」

「再び君と会うことになるとは思わなかったな。それも、こんな最悪の形で」

上から見下ろすリキュール伯爵に、カーラはガタガタと体を震わせる。

「ね、ねえ。いいじゃない、許してよ。私、リーディアを迎えに来ただけなのよ。あの子がいない方が、あなたも楽でしょう？」

「なるほど、伯爵令嬢の誘拐か。これは大罪だな」

「何故!?　私はあの子の母親よ！」

「今の君に、あの子の監護権はないからだ」

正面から言い返されて息を呑むカーラに、リキュール伯爵は続ける。

「カーラ＝カウエン。いや、カーラ。君はこの伯爵家を出奔したことで、カウエン子爵からも絶縁されている。ただの平民であり、財に困る君に、あの子と暮らすことが認められることはない」

「……！　じゃあもう、いいわよ！　ちょっとうまく使ってやろうと思っただけなんだから！」

「いや、君は犯罪者だ。このまま帰すことはできない」

「え!?　ち、違うわよ、ちょっと！　私はあなたの妻だった女よ！　そんなふうに冷たくするなんて、そんな……」

「連れていけ」

リキュール伯爵がそう告げると、扉の外から衛兵が入ってきて、伯爵邸の私兵にすぎないマークとフレディから、カーラの身柄を譲り受けた。

カーラは色々と叫んでいたけれども、あっという間に衛兵の護送馬車に入れられ、連れていかれてしまった。

こうして、カーラは衛兵に引き取られていった。

リキュール伯爵は、大きく息をついた後、わたしとリーディアの方に駆け寄ってきた。

「二人とも大丈夫か。怪我は」

「パパァー！」

リーディアは、リキュール伯爵に抱きつく。彼はしっかりと、自分の娘を抱きとめた。

わたしはそんな二人を、ぼんやりと眺めていた。リキュール伯爵の顔を見たら、ホッとして力が抜けてしまったのだ。

「マリア？」

「だ、大丈夫です。怪我は、その。でも、リーディアが……」

わたしがリーディアをおそるおそる見ると、リーディアは満面の笑みで振り返って、わたしに抱きついてきた。

「ママ！　ママ、大好き！」

「わたしも大好きよ、リーディア」

「えへへ。ママ、すごくかっこよかったの。リーのママは、ずっとずっと、ママだけ……！」

「あ……そうね、それは、その……わたしは、そうしたいんだけど……」

「……？」

わたしがおそるおそるリキュール伯爵を見上げると、リキュール伯爵は心得たように微笑んだ。

そのご尊顔で、この場面でそんなふうに嬉しそうに笑うなんて、卑怯ではないだろうか。

リーディアは不思議そうに、わたしとリキュール伯爵の顔を見ている。

「マリア。君にはいつもいつも、助けてもらってるな」

「……伯爵様」

「今日も、リーディアを助けてくれてありがとう」

「と、当然のことをしただけですよ。わたしの娘なんですから」

わたしの言葉を聞いて、リーディアは感極まったように、わたしに抱きついて、スリスリと頬擦りしている。

リキュール伯爵は、そんなわたしとリーディアを見ながら、嬉しそうに微笑んでいた。

一方、わたしはリーディアを抱きしめながら、リキュール伯爵の言葉を噛みしめていた。

当たり前みたいに差し出された感謝の気持ちを、わたしがどれだけ喜んでいるのか、この人は知らないのだ。それをなんとか伝えようと思うけれども、胸がいっぱいでうまく言葉が出てこない。

「そういう、君がリーディアを大切に思う気持ちにつけこむことは、本意ではないのだが……マリア」

「……はい」

「私はそれでも、君をここに留めておきたい。どんな理由でもいい、たった一年で、君と過ごす時間を終わらせたくないんだ」

リキュール伯爵は、「本当は、夜に改めて伝えるつもりだったんだが」と言うと、跪いたままわたしの手を取った。

「私は君を、心から愛している。私の、本当の妻になってくれないだろうか」


それは、不思議な感覚だった。

胸に染み入るように嬉しくて、笑顔がこぼれるのに、一緒に涙も出てきてしまう。

ポロポロと涙をこぼすわたしに、リキュール伯爵とリーディアは、そっくりな顔で慌てていた。

「マ、マリア……泣かないでくれ……」

「ママ!? パパ、ママを泣かしちゃダメなのー!」

「え!? こ、これはだな、リーディア」

「パパ!」

「す、すまない……」

「リーディア、いいの。パパはね、意地悪をしたんじゃないのよ。ママが、パパのことを特別好きだから、涙が出てくるの」

「えっ」

リーディアは目を丸くし、しばらく固まった後、紫色の瞳をキラキラ輝かせながらわたしを見た。

わたしはリーディアの頭を撫でると、リキュール伯爵の方に向き直る。

「伯爵様」

「……リカルド、と」

「……？」

「リーディアだけでなく、私も……名前で、呼んでくれないか」

その可愛いおねだりに、わたしはクスクス笑ってしまう。

そして改めて、目の前の彼と、可愛い愛娘を見た。

きっと、彼らにとって、もっと良い妻、もっと良い母になれる人は沢山いると思う。わたしでは足りないこと、できないことも多いかもしれない。

でも、だからこそ、わたしはこの二人に出会えた幸運を、わたしを望んでくれる二人の気持ちを、心から嬉しく思った。

わたしは完璧ではないけれど、きっと二人なら、わたしを助けてくれる。

リーディアがわたしと伯爵様の背中を押してくれたように、伯爵様が、カーラさんを追い立てることしかできなかったわたしを補って、助けてくれたように。

なら、わたしの答えは一つだけだ。

わたしは、握られている手にきゅっと力を入れて、恥ずかしそうに目を彷徨わせるリカルドにこちらを見るよう促した。

「リカルド様。わたしも、リカルド様のことが大好きです。これからもよろしくお願いします」


わたしの返事に、リカルドは泣きそうな顔をした後、リーディアごとわたしを抱きしめた。

リーディアは、「パパ、くるしぃー！」と言いながら、きゃあきゃあ喜んでいた。

「ママ。あのね、ママは、パパの本当の奥さんになったの？」

「……！　そ、そうよ、リーディア」

「じゃあ、パパの本当の奥さんも、秘密の奥さんも、全部ママなのね。パパとリーはお揃いね！」

「そうね、お揃いね」

首を傾げるリカルドに、わたしとリーディアはおでこを近づけてクスクス笑う。

ふと、リーディアが何か閃いたようにハッと顔を上げた。

「そうだ！　まだ終わってないの！」

「なぁに、リーディア」

「ママはね、しっかり準備してね。パパ、早く行かなきゃ！」

「どうしたリーディア」

「もう、パパもママも忘れちゃったの？　せっかく準備が整ったのに」

リーディアは、穏やかな反応のわたしとリカルドに、不満でいっぱいのようだ。

ふくふくの両手を必死に振りながら、ぷんすか怒っている。

「ママは天使さまなんだから。最後までやり遂げないと、お空に帰っちゃうのよ？　ほら、パパ。今からママを落としにいこう！」

自信満々に促す愛娘に、わたしもリカルドも、「あっ」と声を上げて、蒼白になるのだった。

11 エピローグ

あれから、リカルドとわたしは、本当に夫婦になった。

「いやはや、驚きましたが、よかったよかった。ハハハ、うちの娘で本当によかったんですかな」

「お父さん！」

契約結婚を勧めたわたしの父・マティーニ男爵は、絶対に驚いていない顔で、わたし達にお祝いの言葉を述べた。

「私はマリアさんでないとダメなんです」

「おやおや、これはこれは。我が娘ながら末恐ろしいものだ」

リカルドの告白に、父は興味深そうな顔をしてわたしを見てくる。

わたしはもはや、真っ赤になって俯くことしかできない。

「リーもね、ママはママじゃないとだめなの！」

「そうかそうかー」

「魔法使いさん、リーとママを会わせてくれて、どうもありがとう！」

「どういたしまして、可愛いお姫様」

何やらわたしが知らない間に、リーディアの中で、父は『魔法使い』なる存在となってしまったらしい。

恰幅の良い腹を揺らしながら、父は尊敬してくれる初孫にデレデレしていた。そして、デザートトマト試作品四号をリーディアに与え、「魔法使いさんのトマトは、魔法のトマトなの！　あまーい！」と喜ばせていた。わ、わたしがメインで育てていたデザートトマト試作品四号なのに！　ずるい！

父への嫉妬でギリギリ歯噛みしていると、父はリカルドに差入《さしい》れを渡すノリで、わたしの頭にポンと手を載せた。

「お父さん！」

「適当に生きてる娘ですが、色々仕込んでおいたから便利に使ってくださいね」

「社交はともかく、帳簿管理と領地経営、畑作と食品売買、宝石類の鑑定辺りは一通りできますから、伯爵夫人もまあなんとかなるでしょう」

「え？」

「……え？　あれ、リカルド。わたし、言ってませんでしたっけ？」

「聞いてない……」

驚くリカルドに、わたしの方も驚いていた。

道理で本当の夫婦になった後も、わたしの仕事が子守りと手伝いだけのはずだ。リカルドは、わたしが色々できることを知らなかったらしい。

そういえば、伯爵家に来てからも、その話をしたのは侍女マーサに対してだけだった。そしてマーサは、わたしの相談ごとと共に、あの夜話したことを秘密にしてくれていたのだ。嬉しくて、マーサにもデザートトマト試作品四号を差し入れておいた。


そんなこんなで、わたしは本当の伯爵夫人として、勉強を開始することとなった。

「旦那様。奥様は逸材です。私達がやっているのは教育や指導ではありません、ただの業務引継ぎです」

「旦那様、どこでこんな素晴らしい奥様を見つけられたのですか」

「マティーニ男爵領だよ」

「そうでしたね……」

「何故男爵領に……」

伯爵家の文官達の言葉に、リカルドは本当に驚いていた。

そして、自慢げにわたしに報告してきた。

「マリア……私の妻は、本当にすごいんだ……！」

「わ、わたしにそれを伝えてどうするおつもりですか!?」

「喜びを分かち合いたくて」

そこからリカルドは、いかにわたしの能力が高いかを具体的に語り出したので、わたしは慌ててその口を塞いだ。

大好きな夫が、わたしを褒め殺そうとしてくる。褒め言葉で、呼吸困難寸前である。本当に恐ろしい伯爵様である。


それにしても、嬉しそうにニコニコしている夫は、愛娘のリーディアにそっくりだ。カーラがどうして、こんなに可愛い二人を置いて出ていくことができたのか、わたしは不思議でしょうがない。

一方で、カーラのあの容姿や性格を考えると、純粋で可愛い二人とカーラは、もしかしてものすごく相性が悪かったのかもしれないなとも思う。野菜だって、単体で食べると美味しくて栄養価が高いのに、食べ合わせが良くないものもあるのだ。きゅうりとトマトとか、大根と人参とか。調理法次第で解決するのだけれどね。

「そういえば、カーラさんはどうなったの？」

「三年の懲役刑になった。実母という点と、未遂であったことを鑑《かんが》みての判断だ。罰金を支払う財があれば、懲役は不要だったんだが」

カーラさんはリキュール伯爵家を出奔した後、何度か男を替え、今の相手に落ち着いたらしい。

今のお相手は、後ろ暗いところのある商人らしいのだが、カーラさんの散財を支えることはできず、このまま散財が続くようなら別れると言っていたのだとか。
　そこでカーラさんは金策に走り、ふと、自分の娘を売り飛ばせば金になると思いついたらしい。

「売り飛ばす!?」

「その……前にも言っただろう？　リキュール伯爵家の子どもは、本当に高値で売れるらしいんだ。もちろん、人身売買は王家がかなりキツく取り締まってはいるんだが……」

　リキュール伯爵家の子どもの価値の話は聞いていたけれども、まさか突然現れた実母が、散財のための金策に自分の娘を売り払おうとするなんて想定外だ。わたしは自分とカーラとの生きる世界の違いに、改めて眩暈を感じながらも、今後リーディアの守りは最高レベルで固めなければと、手を固く握りしめた。

　ちなみに、リカルドがノイローゼになる原因となった王家だけれども、怒り心頭のエドワード王弟殿下が色々と手を入れてくれているらしい。
　実は、高位治癒魔法を使うことができるリキュール伯爵家一同は、戦のたびに駆り出されていて、他の貴族よりも出動回数が倍以上多かったのだ。リキュール伯爵家当主であるリカルドが戦に呼ばれることはないと思うけれども、放っておくと、今後、子ども達が同じように戦に駆り出されてしまう。

そこで王弟殿下は、リキュール伯爵家の出動回数を他の貴族と同レベルに下げるよう取り計らってくれたのだ。また、今までの功績への報賞として、これから五十年は戦への出動を免除されることになっている。

実はこの件、大事な孫の命がかかっているということで、父・マティーニ男爵が裏で色々と根回しをし、暗躍したようだ。けれども、何をしたのか知ってしまうと闇が深そうなので、わたしもリカルドも耳を塞ぎ、目を閉じて知らないふりをしている。

こんなふうに色々あるけれども、わたし達三人は、順調に新しい家族としてやっていけていると思う。

リーディアも成長し、少し睡眠時間を減らしたため、夜の家族の団欒時間も少しずつ増えてきた。

今も、伯爵邸の居間のソファに並んで座り、家族の時間を過ごしているところだ。

「ママ。花かんむりはね、やっぱり午後がいいと思うのよ」

「そう？」

「たくさんコスモスを見て、ご飯を食べてから、ここに行って、その後に花かんむりを作るの」

実は今度、家族としての初めてのお出かけをする予定なのだ。行き先は主都キュリアの外れにある丘陵公園で、色とりどりのコスモス畑が見どころの、リキュール伯爵領の観光名所である。

リーディアは四歳以降、あまり外出をしていなかったこともあり、このお出かけを本当に楽しみにしているようだ。この時期の丘陵公園では花冠《はなかんむり》制作体験ができるので、それを行程のどこに入れるのか、リーディアは毎日のように悩んでいる。

「ほら、リーディア。そろそろ寝る時間だ」

「!? パパ、まだリーは眠くない！」

「嘘はダメよ、リーディア。手がポカポカしてきてるもの。眠たいでしょう？」

「そんなことないもん」

「また明日、皆で考えましょう」

「そうだな。また明日」

「今日がいいのに……」

「急いで決めなくてもいいのよ。パパとママは、明日も明後日も、いつだってリーディアの傍にいるんだから」

　わたしがソファから立ち上がり、何気なくそう言うと、リーディアは驚いた顔をした後、にこーっと、それはそれは嬉しそうに微笑んだ。

　あまりに眩しい笑顔にわたしが息を呑んでいると、リカルドが背後から抱きしめてきて、「一年だけじゃなくて？」と、こちらも嬉しそうに尋ねてくる。

　すると、わたしが答えを言う前に、リーディアが「一年だけじゃなくて！」と、笑顔で正面からしがみついてきた。

急に二人にしがみつかれたわたしは驚いたけれども、笑顔のリカルドとリーディアを見ていると、なんだか胸に込み上げてくるものがあって、じわりと目頭が熱くなる。

「マリア」

「……こういうのがきっと、愛してるってことなのね。わたし、二人のこと、すごく愛してるみたい。一年なんかじゃ絶対離れないわ」

涙を滲ませるわたしに、リカルドは目を見開いた後、こちらが蕩けそうなほどの笑顔を見せてくれた。

そこにはもう、女性を見て青ざめていた彼の面影はない。

「マリア、リーディア、愛してるよ」

「リーも！　リーもね、パパとママのこと、えっとね、愛してるの！」

背伸びをしたリーディアに、わたしとリカルドは、朗らかに笑った。


始まりは、一年限りの契約結婚。

当初の予定とは全然違う結果になってしまったけれど、契約家族が本当の家族になってくれたおかげで、わたしは予定よりずっとずっと幸せな生活を手に入れることができたのです。

番外編
初恋を済ませている六歳

「恋って素敵よねー！」

始まりは、廊下で聞いた侍女達のこんな会話だった。

「旦那様、奥様と結ばれて本当に幸せそうよね」

「奥様も、最近いつもフワフワなさっておいでなのよ」

「春！　伯爵邸の春だわ！　落ち着くところに落ち着いて本当によかったぁ」

（……）

彼女達を、廊下の陰から見守っているのは、お花摘み帰りの幼いスナイパー（六歳）だ。熱のある眼差しで見つめながら、掃除をする若い侍女達の雑談に耳を傾けている。

「お二人のお姿、本当に微笑ましいのよねー」

「分かる分かる！　なんだか、私も恋をしたくなっちゃった」

「あら、あなたいつも誰かに恋してるじゃない」

「そんなことないわ、初恋もまだなのよ」

「この間、初めての恋は四歳で済ませたって言ってたくせに」

「早っ!?　……初恋といえば、旦那様ってもしかして、今回が初恋なのかしら」

きゃーっと盛り上がる侍女達。

それとなく小声の上、掃除の手が止まらないのは、伯爵家仕込みの侍女ならではである。

そして、銀色スナイパーは心のメモにそっと今のセリフを書きこむ。

(はつこいは、済ませるもの……)

(パパは、今回が、はつこい……)

「前の奥様のときと全然違うものね」

「奥様が来たばかりの頃の優しい眼差し。いいわよねー!」

「最初はお気持ちを秘密にしていらして、それがまたもどかしかったのよねぇ」

「きっと秘めた恋だったからこそ、それがスパイスにもなって、成就した今、最高に盛り上がってるのね。旦那様の最近の溺愛ぶりときたら本当にすごいもの」

再びきゃーっと盛り上がる侍女達。やはり小声で、掃除の手も止まらない。

そして、耳の良い銀色スナイパーは、再び心のメモに書き留めた。

(ひめたこいは……スパイス……)

侍女達の会話は止まらない。

スナイパーは、続きに耳を傾ける。

しかしそこで、邪魔者が現れてしまった。

「あら、あなた達。掃除は終わったの？」

「「はい、ただいま終わりました」」

楚々と現れたメイド長に、侍女達は澄ました顔でお辞儀をする。

確かに、廊下は床も窓も棚の上も、これ以上なく磨き上げられていた。声も小さかったため、彼女達の会話は、耳を澄ませていた銀色スナイパー以外には届いていない。

メイド長は、廊下の様子を見ながら、それとなく廊下の奥に視線を投げる。

そこに、銀色スナイパーはいなかった。

優秀なスナイパーは、引きどきをわきまえているのだ。

「リーディアお嬢様、お帰りなさいませ」

子ども部屋にて、お花摘みから戻ったリーディアは、乳母アリスの元に駆け寄る。

今日の子ども部屋には、大好きな母マリアはいなかった。

今日のリーディアは、パパのお願いで、パパにママとの時間を譲ったのだ。

『ママと一番の仲良しのリーディアに、お願いがあるんだ』

『!! そ、そうよ。リーは、ママと一番仲良しなの……!』

『パパもリーディアみたいに、ママと仲良くしたいんだ。明日一日、パパにママとの時間を譲ってくれないかな』

『……』

『リーディア』

『……パパが言うなら、わかったの。明日は譲ってあげる』

『ありがとう。ママの一番なだけあって、リーディアは心が広いな……』

『!!! そうなの、リーはママの一番だから……!』

頬を染めて胸を張るリーディアに、パパは満足そうに笑っていた。これはもちろん、ママのいないところで交わされた会話である。

こうして快くパパにママとの時間を譲ったリーディア。

とはいえ、やはり寂しく思っていたことも否めない。

しかし、今は好都合だ。

スナイパーリーディアには、実はある考えが浮かんでいた。それを確かめるために、ママに内緒で、乳母アリスに聞かなければならないことがあるのだ。

「アリス、あのね。聞きたいことがあるの」

「なんですか？　お嬢様」

「恋ってなぁに？」

ドサドサドサッ！と、乳母アリスは持っていた絵本を全て取り落とした。「アリス!?」という幼い驚きの声が上がる。

「お、お、お嬢様。一体どうなさったのです？」

「あのね。恋はとっても素敵なんだって。大好き、とは違うの？」

不思議そうな目で見つめてくる幼子に、乳母アリスは己の不幸を呪った。何故そのような質問を、よりによって彼女の母マリアがいないときにしてくるのだ。

しかし、キラキラと輝く紫色の瞳は、逃げることを許してくれない。

乳母アリスは、覚悟を決めた。

「恋ですか……恋……」

「うん」

「その……大好き、と似てはいますが、少し違います。いつもその人のことばかり考えてしまうような、夢中になるような『大好き』なのです」

「夢中に……」

リーディアは思った。

リーディアはいつだって、大好きなママに夢中だ。

「その人といるととても幸せで、離れるととても辛くて」

リーディアは思った。

リーディアは、大好きなママといるととても幸せで、ママがいなくなるかもしれないと思うとと
ても辛かった。今もそれを想像するだけで、涙が出そうだ。

「ずっと一緒にいてほしいと思いますが、相手がそうしてくれるかは分からない。なので、気持ち
を告げるだけでも、とても勇気が要ります」

リーディアは思った。

リーディアは先日まで、ママがずっとこの家にいてくれるか分からなくて、ずっと不安だった。

『ずっといてね』と言っても、ママが頷いてくれるかは分からない。だから、パパに相談して、パ
パにママを落としてもらったのだ。リーディアは怖くて、直接気持ちを伝える勇気が出せなかった。

「そういう、特別な『大好き』を、恋というのです。リーディアお嬢様も、いつか経験なさいます
よ」

リーディアは、満面の笑みを浮かべた。

「アリス。リーはね、もうはつこいを済ませているのよ」

「ええ!?」

仰天する乳母アリスに、リーディアは胸を張る。

そして、自分の考えに確信を持った、堂々たる顔つき——傍目には、ただの愛らしい笑顔——を

した。

（やっぱり！　リーのはつこいは、ママ！）

そうではないかと思っていたのだ。

侍女達があんなにはしゃぐような『大好き』。

リーディアは、身に覚えがあると思っていた！

喜ぶリーディアの傍で、乳母アリスは青ざめていた。

何しろ、リーディアの周りには同年代の子どもがいないのだ。彼女の周りにいるのは、父リカルドに母マリア、そして使用人達である。

それなのに、リーディアは初恋を経験済みだと言う。すなわち、大切なお嬢様を誑《たぶら》かした不埒な男がいるということだ。

（誰なの、その不届《ふとどき》な男は！）

「お嬢様。お、お相手は、どちら様で……」

「ひみつよ！」

「えっ」

「アリス、知らないの？　ひめたこいは、スパイスになるのよ」

「!!?」

乳母アリスは動揺しきりだ。

もしや、可愛いお嬢様を誑かした不埒な男は、そのような小手先の入れ知恵で逃げようとしているのか。

これは重要案件だ。リーディアの父リカルドと母マリア、それに執事にも報告しなければならない。

「わ、私にも教えてくださらないのですか？」

「そうよ！　スパイスなの！」

「……ええと、ええと…………」

「……？　アリスはそんなに、リーのはつこいの相手が気になるの？」

「もちろんです!!」

「……??」

リーディアは、乳母アリスの剣幕にたじろぐ。

しかし、乳母アリスは引かない。引いてよしとされる戦いではないのだ。何しろ、大切なお嬢様の未来がかかっている！

「リーディアお嬢様。初恋の相手というのは、とても大切なものなのです」

「そうなの？」

リーディアは思った。

大切な初恋の相手。それが大好きなママだ。なんの問題もない。むしろ嬉しい。

「リーディアお嬢様も、その……お相手様の初恋の人がご自分だと言われたら、嬉しいでしょう？」

「!!!」

リーディアは思った。

大好きなママの初めての恋の相手が、リーディア……。

なんということだろう、幸せな要素しかない！

しかし、他の人だったら……？

ウキウキの笑顔の後、愕然とした顔をしたリーディアに、乳母アリスは頷く。

「お嬢様、お分かりですね。初恋の人というのは、とても大切なのです」

「……！　わかったの、アリス。これはじゅうような問題よ」

「はい。それで、お嬢様。お嬢様のお相手は……」

「リーのはつこいの人の、はつこいの人……一体誰なの……！」

「お、お嬢様？　そうではなく、お嬢様の……」

「リーじゃないのかな……で、でも……！」

「お嬢様ー!?」

話を聞いてくれないお嬢様に、乳母アリスは涙目である。

リーディアはそんな乳母の様子には気がつかないまま、絵本に載っていた探偵さながらに、あごに手を当てて考えこんでいた。

（ママは、パパにも恋をしていると思うの。でも、リーの方が先にママと仲良くなったんだもの。リーが最初……の、はず……！）

「アリス！」

「はい!?」

「リーはがんばります！」

「何をですか!?」

こうして、リーディアはまたしても、ひみつのみっしょんを開始したのだ。

翌日の朝、リーディアは悩んでいた。

リーディアは、大好きなママのはつこいの人を知りたい。

しかし、恋というのは、秘密にした方が盛り上がるらしい。

(ママもきっと、誰がはつこいの相手なのか、素直には教えてくれないに違いないの……ひめたこいはスパイスなの……)

けれども気になる。

大好きなママの、ひめたこいの相手……気になる!!

しかし、それを知るためには、一体どうしたらいいのだろう。

幸いなことに、考える時間はたっぷりあった。

最近、ママがリーディアのところに来るのは、午後になることが多いのだ。

ママによると、パパの奥さんとしてのお勤めを始めたかららしい。ただ、最近のママは、お休みの日でも朝が遅い。リーディアは不思議に思ったけれども、ママが言うなら、それもお仕事のせいなのだろう……。

とにかく、午前中は、ママはリーディアのところには現れないのだ。現れたとしても、朝の挨拶をする程度で、すぐにお仕事に行ってしまう。

だから、時間は十分にあるはず。

そんなふうに余裕でいっぱいのリーディアだったけれども、彼女の予定は、予定外の訪問者により崩された。

その訪問者はもちろん、大好きなママである。

「リーディア、おはよう！」

「ママー！」

子ども部屋にやってきて駆け寄ってくるママに、リーディアは喜びでいっぱいだ。

「おはよう、ママ！」

「リーディア、いい子にしてた？」

「うん！　リーはママの娘だもの！」

「ふふ、そうよね」

そう言って微笑む母マリアは、そのまま子ども部屋の多目的スペースにある小さな椅子に座った。

「ママ、どうしたの？　今日はお仕事じゃないの？」

「うん……今日はね、リーディアに聞きたいこともあるし、午前中も一緒にいようかなって」

「!!」

リーディアは、降って湧いたような幸運に飛び上がるくらい喜んだ。母マリアが作ったウサギのぬいぐるみを抱きしめながら、隣に別の椅子を持ってきて、自分もいそいそと座る。そして、キラキラの紫色の瞳で、何かを期待するように大好きなママを見つめた。

母マリアはあまりの眩しさに、そのまま愛娘との楽しい遊戯の時間に突入しかけたけれども、理性で必死に衝動を抑えた。マリアには、愛娘の将来のため、聞かねばならないことがあるのだ。リーディアの背後では、乳母アリスがマリアに向けて（奥様ファイトー！）と無言のエールを送っている。マリアは乳母アリスに向けて、目で（任せて！）と伝え、リーディアに向き直った。

「ママ！　今日は何をして遊ぶの？」

「リーディア、あのね。その前に聞きたいことがあって……」

「なぁに？」

「あのね。その、昨日、リーディアが、その……」

「リーが？」

「えーと、えーと、そうなの。こ、こ、こ……」

「こ？」

「……氷の王子と花の令嬢の本を読みましょうか！」

「うん！　氷の王子様はね、リーは自分で読めるようになったのよ。ママに聞かせてあげる！」

「すごいわリーディア！　あのお話は、文章表現が難しいところが多いのに……ハッ」

本の音読に突入したマリアとリーディアを、ジト目で見ている者がいる。乳母アリスだ。

その目線を受け止められなかったマリアは、サッと目を逸らした。

そして咳払いをすると、リーディアに話しかけた。

「リーディア、あのね」

「なぁに？」

「氷の王子様とお花の女の子はとっても仲良しよね」

「うん！」

「リーディアには、その……そんなふうに、特別仲良しになりたい子がいるの？」

なんの気なしに聞いたようなそぶりで、マリアは本命の話を振った。

そして、唖然とした。

なんと、みるみるうちに、リーディアの頬が林檎色に染まっていくではないか！

「……ママ」

「はい！」

「あのね。……リーには、仲良くなりたい子、いるよ？」

「そ、そう……」

リーディアもマリアも、そのまま何故か俯いてしまう。

何故か子ども部屋に充満したピンク色の空気に、その場にいる者達の頭の中は疑問符でいっぱいだ。

（どうしてなの……なんだかとっても恥ずかしいの……）

リーディアはその慣れない気持ちを不思議に思った。

ママにはいつも、大好きであることを伝えているはずなのに、いざ本人にはつこいに関することを聞かれると、妙に恥ずかしいのだ。

聞いてほしいし、伝えたいのに、心がソワソワと騒ついてうまく言葉が出てこない。非常に困ったことだ。けれども、決して不快ではない。嬉しいような、逃げ出したいような……。

リーディアは気がついた。

（もしかして……これが、ひめたこいのスパイス……！）

そして、そんなリーディアの様子を見たマリアは、蒼白になっていた。

リーディアの初恋については、今朝、乳母アリスと執事から重要案件として伝えられていたが、マリアもリカルドも正直半信半疑だったのだ。何しろ、リーディアはまだ六歳と幼い。

しかし、ふくふくのお手手を頬に当て、照れ照れもじもじしている愛娘の姿は、まさに恋する乙女のものだった。

乳母アリスは、真実を伝えてくれていたのだ。

（誰なの！　わたしのリーディアに、こんな可愛い顔をさせている男は！）

それぞれの思いが交錯する中、先に口を開いたのはリーディアだった。

「あのね、ママ。リーはママに聞きたいことがあります」

「!? な、何かしら……」

「ええとね。ママは……」

リーディアは考えた。

はつこいのことを話すだけで、リーディアはこんなにも緊張してしまった。ママのはつこいの人を正面から聞いたりしたら、ドキドキしすぎて、きっとうまくお話ができなくなってしまう。

ならばどうするべきか。

(あんまりドキドキしないところから、聞くの!)

リーディアは、深呼吸をすると、大好きなママに向き直った。

「ママは、はつこいをいつ済ませたの?」


ガターン!!と音を立てて、マリアは小さな多目的スペース用の椅子から転げ落ちた。「ママ!?」という幼い驚きの声が上がる。

マリアは、おもちゃ箱に手を添えながら、なんとか上体を起こし、リーディアはマリアに駆け寄った。

「ママ、どうしたの!?」

「な、なんでもないわ」

「で、でも、お顔が赤くなったり青くなったり、大忙しよ！」

「いいの。大丈夫、大丈夫だから。それより、初恋を、いつって」

「う、うん……？　あのね、パパのはつこいはママだからきっと最近なの。でもママはいつなのかなって」

「ゲッホゲホゲホゲホ」

「ママー!?」

急に咳きこみ始めたマリアに、悲愴感漂う悲鳴が上がった。乳母アリスは傍らで、この興味深いやり取りに耳を傾けながら、噴き出しそうになるのを必死に耐えている。

「ママ、大丈夫？　きっと風邪をひいているのよ！」

「大丈夫、大丈夫よ。ママは丈夫だから」

「で、でもね、お顔も赤いし、手も震えてるの」

「大丈夫。それよりもね、リーディア。パパの初恋は、きっとわたしじゃなくて……」

「……？　パパがこんなに幸せそうなのは初めてだってみんな」

ガシャーン!!と音を立てて、マリアは手を添えていたおもちゃ箱をひっくり返した。「ママ!?」という驚愕の声が上がり、乳母アリスは、腹筋に与えられたあまりにも過酷な負荷に必死に耐えている。

「ママ、大変よ！　おもちゃが全部飛び出ちゃった！」

「い、いいのよ、リーディア。あとで片付けるわ」

「で、でも、カードもコマも全部散らばってて、本当に大変よ！」

「いいの。いいのよ。それよりもね、ええと、パパの初恋が……いえ、リーディアの話を……」

真っ赤な顔で震えているマリアは、うまく頭を働かせることができず、しどろもどろだ。

そんな彼女に構わず、マリアの横にちょこんと座ったリーディアは、その服の裾を引っ張った。

「リーはママの話が聞きたいの……」

可愛い愛娘に惑わされたマリアは、混乱したまま「そうよねママの話よね」と頷いた。

乳母アリスはその光景を見ながら、「なんということ……お嬢様の方が上手《うわて》ですわ……」と呟いている。

しかし実は、マリアは困り果てていた。

何を隠そう、マリアの初恋の相手は、現夫であるリカルド＝リキュール伯爵なのだ！

二十も過ぎた後の、遅咲きの恋である。初恋をいつ済ませたかと問われたら、まさにここ数ヶ月で、ということになる。

しかし、済ませるとはどういうことなのだ。早ければ早いほどいいということだろうか。リーディアはそれを期待しているのか？　直球で『初恋の相手はあなたのパパよ』と伝えたら、ガッカリされる可能性がある……？　いや、パパの初恋（!?）は、最近だと言っているし……し、しかし……！

「わ、わたしの……初恋は……」

「うん！」

「……は、恥ずかしくて、いつだなんて、言えないわ……」

「！」

リーディアは『ガーン!!』という衝撃音を背負った表情の後、泣きそうな顔をして項垂れた。

そんな彼女に、マリアは大慌てだ。

そして、その焦燥感は失言を招いた。

「アッ、で、でもね！　他のこと、えーと例えば、どんな人なのかとかなら」

「――いいの!?　ど、どんな人？　ママのはつこいの人……！」

跳ねる魚のような食いつきに、マリアは慄き、自らの失態を悟った。

しかし、ひみつのみっしょんを抱えたスナイパーは止まらない。

大好きなママの腕に絡みつきながら、キラキラの瞳を向けて詰め寄ってくる。

マリアは観念した。

「……と、とてもね、真面目で純粋な人で」

「うん！」

リーディアは緊張の面持ちで、床に座ったまま、マリアを見つめる。

（真面目で純粋……リーも、真面目だもの。多分、純粋よ！）

「わたしを見ると優しく微笑んでくれるところが、可愛いなって」

「うん！」

リーディアは、うんうんと頷いた。

（リーは、ママを見るといつも嬉しくて笑うもの！）

「透明感のある、銀色の髪で……」

「!!」

リーディアはドキッと心臓が跳ねるのを感じた。

（銀髪!!　これはもう、リーなの！　ママのはつこいの相手はリーしかいないの……！）

「背の高い、男の人なんだけど……」

「!!?」

うじゅ、と顔を歪めたリーディアに、マリアはギョッとする。

みるみるうちに、大きな紫の瞳に涙が溜まっていった。

「リーディア!?　ど、ど、どうしたの!?」

「マ、ママの、はつこいの人は……、背の高い男の人なの……？」

「そ、そうよ……？」

「……!!」

さらに悲しそうな顔をしたリーディアに、マリアは大混乱だ。乳母アリスや侍女達の方を振り向くも、彼女達も訳が分からないといったそぶりで首を振るばかり。

そして、戸惑う大人達を置き去りに、リーディアは打ちひしがれていた。

(なんてことなの！　ママのはつこいの人は、リーじゃないの……！)

悲しみでいっぱいのリーディア。

悲しそうな彼女を見ているマリア達。

混沌とした子ども部屋。しかしそこに声がかかった。

「奥様、リーディア様。旦那様がお越しです」

なんと、ここで救世主リカルドが現れたのである。

「二人ともどうしたんだ？」

　子ども部屋に現れたリカルドは、目を丸くした。

　今朝、乳母アリスと執事から、リーディアの初恋について報告を受けたので、リカルドは急ぎの仕事を片付けた後、子ども部屋に向かったのだ。

　そうしたら、部屋に入ると同時に、愛娘が「パパー！」と泣きながらしがみついてくる。愛する妻も、「リカルド……！」とすがるような目でこちらを見てくる。その背後ではおもちゃが散乱しているし、椅子も倒れている。そして可愛い妻は何故か、多目的スペースの床に座りこんでいる。

（これは一体？）

　とりあえず愛娘を抱き上げたリカルドは、泣いている彼女に優しく声をかけた。

「リーディア、どうした？」

「パパ、あぅ……マ、ママの、うぅぅ……」

「リーディア、ほらゆっくり息をしようか。何か悲しいことがあったのか？」

「リーじゃ、なくて……ママの……うぇぇ」

「……そうか、悲しいことがあったんだな。じゃあしっかり泣かないといけないな」

「パパァー！」

リカルドの言葉に、リーディアは彼の肩に顔を埋めてわんわん泣き始める。

そんな娘の髪を撫でながら、リカルドは困り顔でマリアを見た。

「……マリア、何があったんだ？」

「それが、わたしにもよく分からなくて……」

「……？　そうなのか？　アリス、君はどうだ？」

「は、はい。私にも分かりません。お嬢様は、奥様の初恋のお相手のことを聞いたとたんに、急に沈みこまれまして」

「初恋!?」

「ア、アリスさん！」

リカルドはビクッと肩を揺らしてマリアの方を見た。

そんな彼の様子を見て、マリアは真っ赤な顔で悲鳴のような声を上げる。

「マリアの、初恋……!?」

「ま、待って。リカルド、ええと、今はその話よりね」

「パパ、あのね。マ、ママの、はつこいの、人……背の高い、男の人なの……」

「リーディア!?」

「……背の高い男……だと……！」

「リ、リカルド？」

「パパもママがはつこいだから、リーの気持ちが分かっ…」

「ゲッホゲホゲホ」

「パパァー!?」

急にむせたリカルドに、リーディアは涙を忘れて青くなった。

混沌を極めた家族トークに、乳母アリスと侍女達は強い精神力で、なんとか笑いを抑えこむ。そして、修行僧のような顔で口を引き結んだ。

「リーディア。私の初恋が……いや、何故その」

「……？　パパのはつこいはママよね？」

「いや、それは、その……」

「……リカルド、そうなの？　カーラさんは？」

「だ、だからだな……」

「ママ、知らないの？　パパのはつこいの相手はママで、パパはママのことをできあいしてるのよ」

「ゴホゴホゴホ」

「ゲホゲホゲホ」

「パパ!?　ママ!?」

急に揃って咳きこむ二人に、リーディアは目を丸くした。

その傍らで、耐えかねた乳母アリスは咳きこんだふりをして笑っていた。どうやら、彼女の腹筋は過負荷に耐えられず崩壊したらしい。

「パパ、ママ。二人とも風邪なのよ。ママのが感染《うつ》ったんだわ！」

「大丈夫だ、リーディア。なるほどな……」

「そうね、大丈夫。風邪じゃないと思うわ」

「で、でも、二人ともお顔が耳まで真っ赤よ！」

「いいんだ。それより、大切なことがある」

「そ、そうね。ちゃんとお話ししないとね」

「うん、そうだ。――マリアの初恋の人は誰なんだ」

「そっちなの!?」

マリアはギョッと目を剝いた。

リカルドはマリアに向けて頷くと、リーディアを抱いたままソファに座る。

リーディアは、リカルドの膝に座ったまま、すがるようにリカルドを見た。

「パパ……」

「リーディアは、ママの初恋の人が気になるんだろう。パパもだよ」

「うん」

「これについては、ママにしっかり話を聞こう」

「うん！」

「しっかり聞くの!?」

「もちろんだ。重要案件だ。な、リーディア」

「そうなの！　パパ、話が早いの……！」

リーディアは、急に現れた強い味方に、目をキラキラさせる。

マリアは、急に現れた敵勢力に、アワアワして狼狽えていた。


「それでその前に、どうしてリーディアはママの初恋の相手が気になるのか、聞いてもいいかな？」

「ひみつなの」

「うん？」

「ひめたこいは、スパイスになるのよ。パパもママへの気持ちをひめていた分、とても盛り上がっていたのよね？」

「ゲッボゴホゴホ」

「パパァー！」

咳きこむリカルドに、流れ弾で顔を真っ赤にして震えるマリア。そして、リーディアは真剣な顔で、大好きなパパを心配している。三者共に真剣に会話をした結果、訪れた悲劇である。侍女達は次々に脱落し、順番に子ども部屋を退室していった。無言で耐えるには、あまりにも過酷な職場だ。

「パパ、きっと悪い病気よ。ベッドに行かなきゃ」

「い、いいんだ、リーディア。ええと、話の続きをしよう」

「でも、パパが心配なの」

「ありがとう、リーディアは優しい子だな」

「うん！　パパの子だから！」

「いい子だ。それでな、リーディア。リーディアはもしかしたら、秘めた恋のやり方を、間違ってるんじゃないかな」

「えっ」

新情報の気配に、スナイパーは真剣に耳を傾ける。

その様子に、リカルドは微笑んだ。

「秘めた恋はな、最終的には、相手に想いを伝えないといけないんだ」

「そうなの？」

「うん。でないと、相手と仲良くなれないだろう？」

「……！　た、確かにそうなの！」

愕然とした顔のリーディアに、リカルドは頷く。

「それでな、リーディア。パパはリーディアの応援をしたいんだ。リーディアの初恋の人が誰か、教えてくれるかな？」

（すごい……うまいわ、リカルド……！）

マリアは感心していた。

そして、頼り甲斐のある夫の姿に胸を高鳴らせていた。

リーディアは、リカルドの言葉に、目を彷徨わせながら悩んでいる。

「ど、どうしようかな……」

「うん」

「パパも、応援してくれるのね？」

「もちろんだ」

「……」

リカルドの膝の上で横抱きにされていたリーディアは、リカルドの肩にポスンと顔を埋めた。

そして、頬を染めながら、チラリとマリアの方を見た。

マリアはパチクリと目を瞬く。

「……ママなの」

「え？」

「リーのはつこいは、ママなの……」

それだけ言うと、リーディアは恥ずかしそうに、再度リカルドの肩に顔を埋めてしまった。

小さな肩は震えているし、後ろから見えるお耳は真っ赤に染まっている。

マリアは、そのあまりにいじらしい姿に、胸が高鳴るのを通り越して、心臓が爆発するかと思った。

時は遡り、リーディアが六歳になったばかりの頃。

病気だったパパが戻ってきて、リーディアともお話しできるようになったばかりのあの頃、リーディアは屋敷の変化を感じ取っていた。

なんだか、以前よりも使用人達の顔つきが明るいのだ。

最初は、パパが元気になって帰ってきたからだと思っていたけれども、どうやらそれだけではないらしい。

何しろ、使用人達の会話の中に、ある人物の名前がよく出てくるのだ。

「あの奥様を見つけるなんて、伯爵様は見る目がおありだ」

「奥様はとても気さくで」

「マリア様がこれ、気に入ってくださったの」

「今回は気合い入れちゃったわ。マリア様が楽しみにしてくださっているのよ」

『奥様』と『マリア様』。

スナイパーリーディアがこっそり聞き取ったその呼び名は、どうやら同じ人物のことを指しているらしい。

そしてある日、リーディアはその人を見つけたのだ。

フワフワのミルクティー色の髪に、甘い蜂蜜色の瞳をした、優しげな雰囲気の女の人だ。

クルクルと変わる表情に、いつも楽しそうな様子は、リーディアの心を奪った。

彼女のいるところでは、使用人達もいつも笑顔で楽しそうにしている。笑い声も聞こえる。今までのリキュール伯爵家にはなかった光景だ。

リーディアは、なんとかして自分も彼女と仲良くなりたかった。あの素敵な女の人と、リーディアも遊びたい。

なのに、うまくいかなかった。

リーディアが壁際から彼女を見つめているとき、実は一度だけ目が合ったのだが、彼女は大きく目を見開いた後、頬を染めてパッと目を逸らしてしまったのだ。

リーディアはショックを受けた。

マリアさまは、パパや使用人達とは仲がいいのに、リーディアとは仲良くしてくれないのだろうか。

それに何より、『奥様』というのはもしかして、パパの奥様なのではないだろうか。

それなら、彼女はリーディアの……ママ……ではないのか……！

（マリアさまがママ……いいの……とっても素敵なの……）

けれども、マリアさまはリーディアの方を見てくれない。

だからリーディアは、悲しくて、でも諦めきれなくて、毎日必死に子ども部屋を抜け出しては、気になる彼女の様子を窺っていたのだ。


「リーはね、最初からママに夢中だったの」

「……そうか」

話を聞いたリカルドは、少し切なげな顔で、リーディアの頭を撫でた。

「それでね、ママのはつこいの相手も、リーだったらいいなって思ったの」

「初恋か」

「そうなの。でも、ママの初恋の人は、背の高い男の人なの……」

しょげるリーディアに、リカルドは苦笑しながら、マリアを見た。

マリアは案の定、頬を染めて口を開けたまま立ちすくんでいた。

どうやら、愛娘からの愛の告白は、衝撃が強すぎたらしい。

「それで、マリアの初恋の相手は誰なのか、聞いてもいいかな？」

マリアはその言葉にハッとし、リカルドの隣に自分も座った。

マリアがリーディアの手を握ると、リーディアはおずおずと顔を上げる。

「リーディア。……リーディアの初恋の相手は、わたしなのね？」

「……」

「リーディア？」

「ママの意地悪」

真っ赤な顔を、プイ、と背けるリーディアに、マリアはもはや耐えられなかった。

マリアが可愛い娘に勢いよく抱きつくと、リーディアから「ママ!?」という驚きの声が上がる。

「ありがとう！　リーディアありがとう、とっても嬉しいわ！」

「……本当に？」

「もちろんよ！　だって、わたしの初恋もリーディアだもの！」

「えっ」

紫色の瞳をこぼれ落ちんばかりに大きく見開いたリーディアに、マリアは心底嬉しそうに微笑む。

「リーディア、ごめんね。わたし、初恋の相手に女の子も入れていいとは思ってなくて」

「そうなの？」

「そうなの！　それでね、女の子を含めていいなら、わたしの初恋は間違いなくリーディアよ！」

「……！」

リーディアは、マリアの腕の中でパッと笑顔になったけれども、それは一瞬のことで、すぐに悲しげな顔に戻り、目を彷徨わせながら呟いた。

「そ、そんなの、嘘だもん。ママのはつこいは……」

「リーディアよ」

「で、でも……」

「こんなに可愛くて素敵な女の子、見たことがないもの。初めて目が合ったときからね、わたしもずっとずっと気になっていたのよ」

「……本当に？」

おずおずと上目遣いで見上げてくるリーディアに、マリアは最高の笑顔で応えた。

「本当に！　こんなに夢中になった女の子は、リーディアが初めてなの。家族になれて、本当に幸せよ！」

「……！」

リーディアは「ママー！」と叫ぶと、とびきりの笑顔でマリアにしっかりとしがみついた。

マリアは、そんな彼女を宝物みたいに優しく抱きとめる。

乳母アリスも侍女達も、そんな二人を微笑ましげに見守っていた。

これでようやく、銀色スナイパーのごくひみっしょんは終了したのだ。

――と思われたのも束の間、しかしここで一つ、咳払いが聞こえた。

自分の膝の上で繰り広げられる光景を見守っていた、リカルドによるものである。

「リカルド？」

「ママの初恋の相手はリーディアだったのか。そうか、うん。全然気がつかなかった。リーディア、よかったな」

「うん！　とっても嬉しいの！」

「リーディアの初恋の人の初恋の人は、リーディアだったんだな」

「うん！」

「でも、パパは違うみたいなんだ」

「!!!」

ハッとした顔で、リーディアはリカルドを見上げる。

そこには、長いまつ毛を伏せた、物悲しげな表情のパパがいた。

リーディアは大慌てである。

一方、マリアはその話の展開に唖然としていた。

背中からじっとりと、嫌な予感がする。

「……！　パパ、あのね。ママはパパのこと、はつこいじゃなくても大好きだと思うの」

「でも、初恋はリーディアなんだな。いや、いいんだ、仕方がない。私のリーディアは可愛いからな……」

「あぅ……パパ、落ちこまないで。リーがその分、いっぱいパパに好きをあげる！」

「リーディア、ありがとう。……そういえば、ママは、女の子を含めるとリーディアが初恋だと言っていたな。じゃあ、男だけに絞った場合の初恋はいつなんだろうな……初恋のリーディアに出会った後……ということかな……」

マリアが震えながらリカルドを見上げると、心底楽しそうな顔をしたリカルドと目が合った。

リーディアと同じ色をした瞳は、期待でキラキラと輝いている。

マリアは悟った。

（わ、分かってるくせに！　気がついちゃったくせに、なんて意地悪なのー!?）

マリアは、迫り来る危険に、そろそろと体を二人から離そうとする。

しかし、リカルドはマリアの腰を引き寄せて捕まえてしまい、マリアはその場から離れることができなかった。

「パパ、賢いの……ママのはつこいの男の人……リーの後に違いないの……。背が高い男の人で、……銀髪……？　あっ！　パパ、あのね！」

名推理を披露しようとした名探偵に、リカルドは口元に指を立てて「しー」と合図する。

銀色名探偵は、その合図を見て、パッと両手で自分の口を塞いだ。

「リーディア。せっかくだから、ママの口から聞いてもいいかな？」

「うん、いいよ！」

「ありがとう」

そうして、リカルドはリーディアを膝に乗せたまま、マリアの方を見た。

腰を掴まれ立ち上がれないマリアは、蜂蜜色の瞳を潤ませながら、恨めしげに愛しい夫を見返す。

「マリア。君の初恋の男性が誰か、教えてくれないか」

こうして、マリアは、初恋の女の子と初恋の男の人が誰なのかをその場で公開することになり、銀色スナイパーのごくひみっしょんは大成功に終わったのだった。

なお、みっしょん完了の現場では、「リーもパパもママも、初恋の人の初恋の人ね！　お揃いね！」という嬉しそうなスナイパーの声が響き、その傍には、頬を染め震えるママの姿と、その肩を抱く満足そうなパパの姿があったのだという。

そして、翌日。

「パパ、ママ、あのね。リーははつこいの人に想いを告げたから、次の段階に移ろうと思うの！」

「うん？」

「……次の段階？」

朝の挨拶に来たパパとママに、銀色スナイパーは次のみっしょんの内容を告げる。

そして、胸を張り、威厳のある顔つき——傍から見ると、ふくふくほっぺが気になる愛らしい表情——で、パパとママを見た。

「リーとママは、リョウオモイだからね。次は、パパみたいに、大好きなママをできあいしないといけないの！　……できあいって、何をすればいいの？」

不思議そうに首を傾げる愛娘に、マリアもリカルドも、「あっ」と声を上げて、蒼白になるのだった。


その後の数日間、「できあい！」と言いながら、大好きなママにお菓子をアーンするリーディアの姿が頻繁に目撃されたそうだ。

番外編　喧嘩するほど仲がいい

「そういえばわたし、リカルドと喧嘩したことがないわ……」

発端は、マリアが子ども部屋でこぼしたこんな言葉だった。

マリアが夫リカルドと本当の夫婦になってから二ヶ月。

マリアは夫リカルドと愛娘リーディアとの家族生活を謳歌していた。

あまりに幸せに平穏に過ぎていく毎日の中、ふと、リーディアの国語の勉強の資料に載っていた『喧嘩』という文字を見て、気がついたのだ。

（……リカルドと夫婦になってから二ヶ月、契約結婚をしたのがその一ヶ月と少し前、契約結婚の準備をし始めたのがその半月前で、リカルドがマティーニ男爵領に来たのがさらにその二ヶ月前……あら……？）

リカルドと出会ってから優に半年以上経過しているというのに、一度も喧嘩をしたことがない。

これは思ったより由々しき事態ではなかろうか。

顎に手を当て、子ども部屋の多目的スペースの椅子に座って考えこむマリアの横から、不思議そうな声が聞こえる。

「喧嘩？」

「そう。喧嘩するほど仲がいいっていうのに、わたし、リカルドと喧嘩したことがないなぁと……思って……」

ハッとマリアが気がついたときには、手遅れであった。

マリアの隣にいつもどおりピッタリと寄り添っている銀色姫は、目をキラキラ輝かせながら大好きなママを見つめている。

「リ、リーディア、あのね」

「ママ。喧嘩をすると、仲良くなれるの？」

「そういう訳じゃないのよ。違うんだけれど……」

「違うの？」

「ええと……なんと言ったらいいのかしら……」

マリアは顔を上げて乳母アリスに（助けて！）と視線を送る。

しかし、乳母アリスは迷うことなくサッと素早く目を逸らした。この子ども部屋で生き残るためには、この危機管理能力が大切なのだ。

敗北者マリアは諦めて、可愛い愛娘のキラキラの紫色の瞳と向き合う。

「喧嘩はね、本音で向き合った相手としかできないでしょう？」

「そうなの？」

「……リーディアはもしかして、喧嘩したことがないのかしら」

「わかんない」

「アリスさんは何か覚えがある？」

リーディアが不思議そうな顔で首を傾げているので、マリアは乳母アリスに視線を送る。

先ほどと違い、乳母アリスも目を逸らすことなく受け止めた。

「そうですね、リーディアお嬢様はあまり喧嘩らしい喧嘩はされたことがないかもしれません。うちのオレリアとも、喧嘩というほどのことはありませんでしたし」

オレリアというのは、乳母アリスの娘の名前である。リーディアと同じ年頃の娘で、リーディアが五歳になったばかりの一時期、この子ども部屋に通っていた。けれども、リーディアがオレリアに嫉妬するので、オレリアの通いはなくなったのだ。

今もリーディアは、乳母アリスの口から『オレリア』という名前が出ただけで、ぷくーと頬を膨らませている。珍しいことに、眉間にも皺が寄っている。

なかなか見ることのないその姿に、マリアはパチパチと目を瞬きながら、乳母アリスに尋ねた。

「喧嘩というほどのことはないの？」

「はい」

「……そうなの？」

マリアが乳母アリスに尋ねつつ、リーディアの眉間に人差し指を当ててグリグリすると、リーディアは眉をハの字にしてマリアを上目遣いで見た。しかし、不満は収まらないのか、ほっぺは膨らんだままである。

「……その、喧嘩にまで発展しなかった……といいますか」

「なるほど」

なんとはなしに状況を察したマリアはぷくぷくに膨らんだリーディアのほっぺを、両手で柔らかく挟んだ。

ふしゅーと頬が萎んでいき、リーディアは不満たっぷりの上目遣いでマリアを見ている。

「ママ。喧嘩ってした方がいいの？」

「んー、どうかしら。一度は経験した方がいいと思うけど、しないでいられるならそれもいいと思うのよ」

「リーとママもね、喧嘩したことないよ？　喧嘩する？」

「それはいやだなぁ」

マリアがリーディアを抱き寄せると、隣の椅子に座っているリーディアは、嬉しそうにマリアにしがみついた。

「いやなの？」

「うん。ママはリーディアとこうやって仲良しでいたいから、喧嘩はいらないわ」

「……？　喧嘩しても仲良しじゃないの？」

「そうよねぇ。うーん、『喧嘩するほど仲がいい』っていうのは、『喧嘩するほど気を許してる』ってことだと思うんだけど……わたしとリーディアは喧嘩しないものね。兄さん達とはよく喧嘩したものだけど、何故かしら」

首を傾げるマリアに、リーディアは同じく首を傾げる。

「ママ。喧嘩ってどうやるの？」

「うん？　そうねぇ。大切なものを取り合うとか？」

「大切なもの？」

「そう。デザートトマト試作品四号栽培チームのリーダーを決めるときなんかは、メルヴィス兄さんとの熾烈な戦いがあったのよ」

「トマト！　魔法使いさんの甘いやつ？」

「そうよ。とっても美味しかったでしょう？」

「うん！」

ふふんと胸を張るマリアに、リーディアはニコニコしながら、しかしふと目を瞬かせた。

マリアとその兄メルヴィスは、とても仲がいい。それはもう、リーディアがヤキモチを焼いてしまうくらい、仲良しなのだ。

（喧嘩をしたら、ママとメルヴィスおじさんと同じくらい、仲良くなれる……？　大切なものを……取り合う……！）

「ママあのね」

「うん？」

「ママの今一番大切なものってなぁに？」

「リーディアよ」

「!?」

即答するマリアに、リーディアは驚いてパカッと口を開ける。そんなリーディアに気がつかないまま、マリアは考えこむように斜め上を見る。

「大切なもの……何が一番って言われたら、やっぱりリーディアよね。こんなに毎日夢中だし」

「……!?」

「ああ、だから喧嘩しないのかもしれないわ」

「そ、そうなの？」

「ママの一番は、リーディアだもの。リーディアとリーディアを取り合うのは難しいと思うのよ。リーディアもそう思うでしょう？」

「そ、そうね……そう思うの……」

「そもそもリーディアがやりたいことは、できるだけ叶えてあげたいと思っているし……喧嘩……難しいわ……」

マリアは自分の考えに、うんうんと頷く。隣で可愛い愛娘が、自分の発言にはわはわと目を泳がせ、頬を林檎色に染めていることには気がついていない。

「でもそうね、こんなに仲良しなんだから、わたしとリーディアに喧嘩は必要ないわね」

「えっ」

「……？　リーディアもそう思うでしょう？」

「う、うん!!　もちろんよ。リーも、喧嘩は要らないと思うの……！」

不思議そうな顔をしているマリアに、まさに今喧嘩をしかけようと企んでいた銀色剣闘士は、必死に首を何度も縦に振る。

その様子を見ながら、乳母アリスは、「さすがは奥様。リキュール一族のまたたび酒……！」と呟くのだった。

その日の夕方。

剣闘士にジョブチェンジした銀色スナイパーは、パパが仕事から帰ってくるのを待っていた。

（喧嘩をすると……仲良くなる……）

リーディアには正直、何故喧嘩をすると仲良くなるのか、その理屈がいまいち理解できなかった。

しかし、ママとメルヴィスおじさんの関係だと言われたら納得だ。ママはメルヴィスおじさんといるときは、とてもリラックスしているし、楽しそうだ。リーディアも是非、ママとそんな関係になりたい。

けれども、ママとは仲良しが過ぎて、気がついたら喧嘩をすることなく話が終わってしまった。しかも、喧嘩は要らないとまで言わされてしまったのだ。

（ママはすごいの。全然敵わないの……）

しかし、リーディアは諦めていなかった。何しろ、リーディアにはまだ、大好きなパパがいる。

（パパと……喧嘩をして、さらに仲良くなる……！）

そんな訳で、リーディアは爛々と目を輝かせながら、満を持してパパを待っていた。

そんなリーディアに、侍女達は不穏な気配を感じつつも、黙って仕事をしていた。

何しろ、今日このとき、リーディアに探りを入れられる者がいないのだ。乳母アリスは既に帰宅しているし、母マリアは伯爵夫人としての執務の関係で珍しく不在にしている。リーディアの周りにいるのは、遅番の侍女達と護衛達のみである。

とはいえ、侍女達も一応、「お嬢様、いかがなさいましたか？」と軽く尋ねはした。しかし、「何もないのよ。大丈夫なの」と自信満々に答えるお嬢様を、彼女達がそれ以上追及することは難しい。護衛達はさらに声をかけづらく、結果として、妙にウキウキとパパを待つリーディアお嬢様と、その様子を窺う使用人達という、奇妙な緊張感のある空間が形成されてしまったのである。

そして十九時の少し前、ようやく、仕事を終えたリカルドが子ども部屋に現れた。

「ただいま、リーディア」

「パパ！　おかえりなさい！　待ってたの！」

リーディアはそう告げると、自信に満ち威風堂々とした姿――傍目にはあまりにも愛らしい仁王立ち――でパパに立ち向かった。

リカルドは、その不思議な光景に目を丸くした。

いつもは駆け寄ってくる愛娘が、今日はリカルドの目の前で腰に手を当てて立ちはだかり、自信ありげにこちらを見上げている。

「どうした、リーディア。なんだか楽しそうだな」

「今日はね、パパに、とっても大切な用事があるの！」

「うん」

「リーはね、パパと喧嘩をします！」

「うん？」

首を傾げるリカルドに、銀色剣闘士は、戦いの前に教えを授けることにした。

「あのね。パパは知らないかもしれないけど……喧嘩をすると、仲良くなれるのよ……！」

「……。そ、そうか。知らなかった。リーディアは博識だな」

「はく……？」

「物事を沢山知っていてすごいってことだよ」

「うん、リーはすごいの！　それでね、だからリーは、パパと喧嘩をします」

「そうか。どうやって喧嘩するんだ？」

「大切なものを取り合うのよ」

「ふむ、なるほど」

「あのね、パパ。よーく聞いてね」

リカルドが頷くと、リーディアは満足そうな笑顔で宣言した。

「パパは知らないかもしれないけどね……リーは、パパよりも……ママと仲良しなのよ……!!」

　子ども部屋は、シーンと静まり返った。

　リカルドも侍女達も護衛達も、しばらく固まった後、気がついた。恐ろしいことに、この可愛いお嬢様は、この可愛さばかりが溢れる発言で、なんと喧嘩を売ったつもりになっているのだ。

　リーディアは、目を爛々と輝かせていたけれども、次第にパパの反応がないことに不安になり、悲しそうな顔をしたところで、パパが自分の口元を隠した。

　リーディアがまじまじとパパを見つめると、肩は震え、くつくつと笑い声が聞こえる。

　笑い声？

「パパ！　笑っちゃだめよ！」

「そうだな。そうだよな、笑ったらだめだな」

「パパ、まだ笑ってるわ！」

「そ、そうか。うん、そうだな、うん。いや、だめだ。このネタはだめそうだ、リーディア。他に喧嘩のネタはあるかな？」

　リカルドは、笑われて衝撃を受けているリーディアを抱き上げ、子ども部屋のソファに彼女を座らせると、自分もその隣に座った。

　リーディアは紅葉のような手を握りしめながら、真剣な顔で必死にパパに訴える。

「リーはね。なんと、今日は四時間もママと遊んだのよ！　パパが今から頑張っても、リーを超えることはできないのよ？」

「そ、そうか……はは、あは、ははは！」

「パパ!?　ちゃんと聞いて！　リーはね、今日、パパにはできないことをしたんだからね。リーはなんと……ママとお揃いのリボンを……つけたの……！」

「くっ、それは、パパには……できないな……っ」

「パパ!!」

「はははっ」

　ついには声を上げて笑い出したリカルドに、リーディアは頬を赤くしている。

　ひとしきり笑ったリカルドは、愛娘のぷくーと膨らんだ頬を見て、彼女の頭を撫でた。

「悪い、悪かったよ、リーディア」

「パパきらい！」

「リーディア、すまない。あまりのことに、つい……」

「きらい！」

「……リーディアは本当にマリアと仲良くなったんだな。パパはそれが本当に嬉しいんだ」

　リーディアがハッとして顔を上げると、そこにはパパの優しい笑顔があった。

「リーディアとこんなふうにママを取り合うなんて、一年前は予想もしなかった」

「パパ」

「パパは、リーディアとママが大好きで、二人が仲良しでいることがすごく嬉しいんだ。だから、それを理由に喧嘩をするのは難しいかもな」

しみじみと嬉しそうに微笑むリカルドに、リーディアは切ない顔をしてその腕にしがみつく。

「パパ、さっきのは嘘よ。リーはパパのこと大好きよ」

「そうか、よかった」

「リーもね、一年前はこんなふうになるって思わなかったの。パパはずっと辛そうで、リーはずっとずっと心配だったの」

「……そうか。心配してくれてありがとう、リーディア」

「うん」

そうしてしばらくひっついている父娘《おやこ》に、侍女達も護衛達も、ひそかに涙ぐんでいる。

そのしんみりとした空気の中、リーディアが穏やかな声で呟いた。

「リーはたくさん幸せだから、喧嘩は諦めるね。本当はママみたいに、『喧嘩するほど仲がいい人』が欲しかったけど――」

「ゲッホゲホゲホ」

「パパ!?」

唐突に穏やかな時間が打ち砕かれ、リーディアは驚いて隣を見る。そこには、青い顔をしたパパがいて、リーディアは飛び上がった。

「パパ、どうしたの!?」

「うん、なんだ、リーディア。ママには、そういう人がいるのか？」

「そ、それよりも、パパ大丈夫？　さっきまで元気そうだったのに」

「大丈夫だリーディア、少し驚いただけだ。それよりも、ママの話をしよう。ママには『喧嘩するほど仲がいい人』がいるのか？」

「……？　う、うん……元々ね、ママが言いだしたのよ。『喧嘩するほど仲がいい』っていうし、ママには既にそういう人がいるのに、パパとは喧嘩したことないなって」

「……!!」

　さらに青ざめていくリカルドに、リーディアはだんだんと不安になり、小さな手でパパの手を握る。そして、そのヒヤッとした感触に、リーディアは飛び上がった。

「パパ、どうしたの？　手がとっても冷たいの！」

「大丈夫だ。いや、大丈夫じゃないな……」

「大丈夫じゃないの!?」

「大丈夫だけど大丈夫じゃないんだ。リーディア、ママの『喧嘩するほど仲がいい人』がどんな人か知ってるか？」

「パパ、それよりもね、もっと暖かくした方がいいわ」

「いいんだリーディア。これはパパの体調よりも百倍重要なことだ」

「そんなに!?」

「そうだ。パパは真剣だ。リーディア、教えてほしい。ママの、喧嘩するような仲良しの人というのは、男性なのか？」

「そ、そうよ。男の人」

「……！　も、もしかしてそれは、若い男……なんだろうか……!?」

パパの勢いにたじろいでいたリーディアは、その疑問に、眉をハの字にした。

若い男。

メルヴィスおじさんは、若い男なのだろうか。

リーディアから見たらメルヴィスおじさんは『おじちゃん』だ。正直……若くはない……気がする。やはり若いというのであれば、リーディアと同い年ぐらいである必要があるだろう。

しかし、リーディアは悩んでいた。

何しろ、メルヴィスおじさんは、リーディアが『おじちゃん』と呼ぶと世にも悲愴な顔をするのだ。そして、「俺はまだ若いの！　お兄ちゃんと呼んでくれるかな!?」と叫ぶのだ。

ここでリーディアがリカルドに『若くない人だ』と答えたら、メルヴィスおじさん……もとい、メルお兄ちゃんは悲しむかもしれない。

だがしかし、目の前のパパは本当に真剣な様子だ。

リーディアも、その質問に真摯に答えなければならない。そのためには、心から真実と思うことを言わねばならない気がする。

リーディアは心を決めた。

「……。ママの仲良しの人はね、若い男の人じゃないよ？」

「……！　そ、そうか！」

「うん。だって、ママとパパと同じくらいの歳のおじちゃんだもん。若くないよね？」

「ゲッホゴホゴホ」

「パパァ!?」

リーディアの真摯な回答に、パパは回復不能かつ重大なダメージを負った。

リーディアは訳が分からないながらも、打ちのめされたパパの様子に仰天する。

「そうか……若く……ないか……！」

「パ、パパ!?　大丈夫？」

「大丈夫だ。いや、全く大丈夫ではないが、大丈夫だリーディア」

「パパ、それはきっと大丈夫じゃないのよ！」

「いいんだ、リーディア。うん。情報提供をありがとう。パパは頑張るよ」

「が、頑張るの？　何を頑張るの？」

「パパとリーディアの幸せのための作戦だ」

「!?」

「パパは……未来を切り開いてみせる……！」

「み、未来……!?　なんだか、壮大なの……！」

真剣な顔をしたリカルドに、リーディアは神妙な顔つきで——傍目にはお目目ぱっちりの愛らしい顔つきで、何度も頷く。

そして、混沌を極める父娘《おやこ》トークが侍女や護衛達の腹筋に過酷な試練を与える中、チリリリンと、子ども部屋の先ぶれのベルが鳴った。

「旦那様、お嬢様。奥様がお戻りです」

ここで、伯爵夫人としての執務に出ていたマリアが帰宅したのである。

「マリア！」

「ママ！」

「!?　た、ただいま。どうしたの、二人とも」

必死の形相の夫と娘に迎え入れられたマリアは、蜂蜜色の瞳をぱちくりと瞬く。

駆け寄ってくる銀色父娘《おやこ》にマリアが慄いていると、二人はマリアを両脇から囲み、ソファに座らせ、やはりその両脇に陣取るように座った。

「ママ！　おかえり！　待ってたの！」

「う、うん。ありがとう、リーディア」

「マリア。聞きたいことが……いや、いい。そんな軟弱なことはできない……！」

「……？　一体どうしたの、リカルド」

「マリア。君の私への気持ちを確かなものにするために私は考えた」

「うん、とっても嫌な予感がするわ」

「喧嘩をしよう。それはもう派手に、他の喧嘩の記憶が頭から吹き飛ぶような――そう、建物が破損するくらいのやつがいい」

「いい訳ないわよね!?」

「ママ。ママはパパと喧嘩しないの？　仲良くならないの？」

「そんな壮絶な喧嘩をしたら、仲が悪くなっちゃうわ!?」

「もう。ママ、忘れちゃったの？　喧嘩をするほど仲がいいのよ？」

「それは確かにそうね！　でもそうじゃなくてね!?」

「喧嘩をするほど仲がいい……なるほど……ゲホンゲホン。うん、具体例がないといまいち分からないな……そう、具体例がな……」

「リカルド？」

「そうだママ。ママやパパと同い年くらいのおじちゃんって全然若くないよね？」

「ゴホゴホゴホ」

「ゲッホゲホ」

「ママ!?　パパ!?」

不意打ちリーディアの素朴な疑問に、マリアは回復不可能かつ重大なダメージを負った。

リーディアは訳が分からないながらも、打ちのめされたママと流れ弾で瀕死のパパに仰天する。

「大丈夫!?　ママ、何かあったの!?」

「大丈夫。大丈夫よリーディア。大丈夫じゃない気もするけど大丈夫」

「ママ、それはきっと大丈夫じゃないのよ！」

「平気よ、リーディア。それよりもね、なんとなく問題は分かったわ。こうしましょう。この場で一番冷静なママがこの場を取り仕切るの」

「ママ。この場で一番冷静なのは、リーだと思うのよ」

「パパもそう思うが、ここはママに任せようか」

「うん、わかった！」

「とにかくね、わたしとリカルドが喧嘩をすれば全ては解決ということよ」

「なるほど、どうやらママは冷静じゃないらしい。ここはパパが取り仕切ろう」

「パパ。ママに任せるって決めたんだから、お口は閉じなきゃだめ」

「すまない」

「そうよ、リカルド。ここはわたしに任せて。わたしの言葉、受けて立ってちょうだい。あ、建物の破壊はなしよ」

「わ、分かった。いや待て、そんなに本気のやつなのか？」

マリアは、子ども部屋のソファで銀色父娘に囲まれたまま、自信たっぷりにリカルドを見上げた。

マリアにとって、リカルドに喧嘩をふっかけることなど、朝飯前だ。喧嘩というのは、大切なものや譲れない主義主張のぶつかり合い。そしてマリアは、リカルドの大切なものを知っている。余裕しかない。

マリアは、いい笑顔で言葉を放った。

「リカルドは気づいてないかもしれないけれど……わたしはね……最近、リカルドよりも、リーディアと仲良しなのよ……！」

子ども部屋は、またしてもシーンと静まり返った。

リカルドも侍女達も護衛達も、しばらく固まった後、気がついた。恐ろしいことに、この可愛い奥様は、この愛しさばかりが溢れる発言で、なんと喧嘩を売ったつもりになっているのだ。

何より、リカルドは動揺していた。

本当にどうしたことだろう、妻が娘と全く同じことを言い出している。しかも、ものすごく自信ありげな表情までそっくりである。

リカルドは、今日一番の努力を費やし、真面目な顔をして、妻マリアと向き合った。

おそらく妻は、リカルドとの仲を深めるため、真剣な試みをしている最中なのだ。しかもこれは、リカルドのリクエストに応えた結果である。

夫として、彼女の気持ちを受け止める必要がある。

断じて笑い出すことなど、許されない――。

「あは、はっ……あはははは!!」

頭で考えていることを、体が受け入れるとは限らないのだ。

お腹を抱え、ソファの肘かけに倒れこむようにして笑うリカルドに、マリアは腕を組んだドヤスタイルのまま、顔を赤くして羞恥に震えた。

侍女達も護衛達も、咳きこむふりをして笑っていたり、交代と称して何人もが姿を消してしまった。残った者達の表情筋も、ピクピクと震えている。

ただ一人笑っていないのは、マリアの傍に寄り添う銀色剣闘士だ。何かを悟った優しい瞳で、震えるママを見つめている。

「ママ、大丈夫よ。リーはわかってるから」

「な、なんのこと？」

「リーは既に、経験済みなのよ……」

「本当になんのこと!?」

「あは、あはははは！」

「リカルド！　もう！」

結局、リカルドはひとしきり笑った後、愛しい妻と娘をまとめて抱きしめた。

「悪い。悪かったよ二人とも。パパが全部悪かったから、もう喧嘩はやめにしよう」

「もう。リカルドはね、笑いすぎよ」

「いや、すまな……ははは！」

「リカルド！」

「……は、はぁ、息が苦しい……くっ……」

「パパ、楽しそうなのー」

こうして、リキュール伯爵家の喧嘩騒動は幕を閉じた。

なお、リカルドはなんだかんだ、その日のうちにマリアから『喧嘩するほど仲がいい人』の正体を聞き出し、胸を撫で下ろしたのだという。

第二章

ルビエール前辺境伯夫人の来襲

wakeari hakushakusama to
keiyakukekkon shitara
musume no keiyakuhaha ni
natteshimai masita
-keiyakukikan ha
tattano ichinenkan-

ルビエール前辺境伯夫人の来襲

その日、リカルドは窓の外を見ながら、幸せを噛みしめていた。

リカルドは、つい先日、妻マリアと本当の夫婦になったばかりだ。

リカルドとマリアは、結婚して二ヶ月月以上が経過していたが、先日まで形ばかりの夫婦——契約結婚していただけの仮初めの夫婦であった。当然ながら寝室は別だったし、手を繋いだことすらなかった。

しかし、リカルドは自分でも気づかないうちに妻マリアに惚れこんでしまっていたらしく、愛娘のリーディアによって、それを自覚した。そして、マリアにアプローチを繰り返した結果、晴れて夫婦となったのである。

リカルドは、自分が口説いていたときの彼女の様子を思い出し、つい頬を緩める。

マリアは本当に可愛い人なのだ。

きっとあまり恋愛経験がなかったのだろう。容姿を心から褒めるだけで目を彷徨わせて動揺するし、リカルドが愛を囁くと、じわりと瞳を潤ませて距離を取ろうとする割に、嬉しい気持ちに戸惑っているのが丸分かりで、なんというかこう……耐えるのが本当に大変なのだ。

特に、リカルドが初めてのデートで気持ちを伝えたとき、マリアは真っ赤になって尋常ではないほど狼狽えていた。よく分からないけれども、リカルドの伝えた何かが、マリアの心に刺さったらしい。

あのときの彼女は、めちゃくちゃ可愛かった。正直、あと十歳若かったら、彼女の気持ちに配慮することなく、なんのかんのと理由をつけて、その場で口説き落としてしまっていたに違いない。けれども、リカルドはマリアよりも歳上で、一度結婚を経験している身。どう考えてもここは、初婚のマリアの速度に合わせて、彼女が落ち着いてから話をするべき場面である。

そう思って崩壊しそうな自制心を必死に保ち、馬車に乗りこんだのはいいものの、手が触れるだけでビクリと跳ねる肩に、恥ずかしさで震えつつもこちらを過剰に気にしている彼女に、結局少しだけ理性が飛んでしまった。本当に面目ない話である。

私は、あのときの彼女を思い出して浮き立つ気持ちを落ち着けるべく、息を長く吐き、改めて窓の外を見た。

もうすぐ冬になろうかというこの時期、窓の外では、愛しい妻と可愛い娘が乳母と庭師と共に、沢山の落ち葉を集めている。楽しそうなその様子に、頬が緩むばかりだ。

実は今日はこれから、リキュール伯爵邸にて、『焼き芋会』なるイベントを開くのだ。

何やら、マティーニ男爵領では秋から冬にかけて、枯葉を集めて焚き火をし、その火で収穫したばかりの芋を焼く焼き芋会なるイベントを頻繁に開いていたらしい。

どうやら「田舎の男爵領だからできることよね」と、マリアが思い出話として語っていたところ、リーディアが「リーもやりたい！　焼き芋！」と食いついてしまったようだ。マリアが気まずそうに、「リカルド……断ってくれて構わないんだけど……伯爵邸の庭で焚き火をしてもいいかしら……」と打診してきたときは驚いたけれども、話を聞くと、リーディアがやりたくなった気持ちが分かってしまった。結局私も乗り気になってしまい、庭師と場所を相談の上、私が参加するならという条件で、焼き芋会が開かれることになったのだ。

ちなみに、「頻繁にはできないわよ。一回だけよ」というマリアに、リーディアは「うん！　一週間に一回！」と答えてマリアを仰天させていた。どんどん悪知恵が回るようになってきた娘の成長に、私もマリアも驚くばかりである。なお、焼き芋会を開くのは、年に一回のみのつもりである。

その焼き芋会に思いを馳せながら、新妻と愛娘の様子を見ていると、背後から執事ロバートの咳払いが聞こえた。

「旦那様」

「……分かっている」

「早く本日の業務を終わらせないと、焼き芋会に参加できませんよ」

「それはどうかと思う。私が参加することが開催条件だというのに、私を置いて開催するなど許されるのだろうか」

「奥様もお嬢様も、旦那様の予定を取り付けました。そして、旦那様の参加を心待ちにしています。その準備と期待を、仕事が終わらないなどという情けない理由で裏切るだけでなく、それを理由に開催を中断させるなど、男の片隅にもおけませんね」

「仕事を後日にするという選択肢はないんだな」

「先延ばしにできない案件だけを持ってきていますよ。その中でも最重要なのは、こちらの三つです。これは冬を迎える前に工事を済ませたい修繕の案件で早急にご決断いただきたく、こちらは明日の朝には会議用資料として参加者に送付する必要があるもの、こちらは――」

「……すぐに終わらせる」

「それがいいでしょう」

私が観念して伯爵邸の執務机につくと、執事ロバートは満足そうに頷いた。

私は深くため息をついた後、書類に向き合う。

窓の外で妻と娘が楽しそうに焼き芋をしている中、私だけが仕事で参加できないなど耐えられない。なんとしても、家族イベントが開催される十五時までに仕上げなければならない。

ちなみに、この焼き芋会は、伯爵邸の使用人達もほとんどが参加する予定だ。

私に仕事をするよう促しているこの執事ロバートも、参加者の一人である。いつもどおり涼しい顔をしているけれども、私に案件の報告を済ませると、いつもよりも早足で自分の執務室に戻っていった。彼もどうやら、焼き芋会を楽しみにしているらしい。

こうして、私が執務机に向かって本日の仕事と全力で戦っていると、先ぶれのベルが鳴り、先ほど部屋を出ていた執事ロバートが戻ってきた。

「ロバート？」

「旦那様。至急案件です」

私は相当嫌そうな顔をしたのだろう。

ロバートは失笑しながら案件について伝えてきた。

「早馬で手紙が届きました。ルビエール前辺境伯夫人からです」

「ルビエール……まさか」

「はい。今、リキュール伯爵領の主都キュリアにいらっしゃるそうです」

大きく目を見開く私に、執事ロバートは肩を落とす。

「やはり、こちらに向かっていらっしゃったようですね」

ルビエール辺境伯領。

エタノール王国の北方に位置し、王国南方に位置するリキュール伯爵領までは、早馬で駆け抜けて一ヶ月半、馬車で来ると二ヶ月はかかる距離にある領地である。なお、手紙だけなら、使い魔通信網を使えば片道二週間で届けることができる。紙ではなく伝言のみを伝える電報ならば、片道一日といったところか。

そして、何を隠そう、リカルドの亡き母ラフィリエ＝リキュール前伯爵夫人の実家である。

リカルドが女性不信により体調を崩した際、リキュール伯爵家に親族がいない中、一度はこのルビエール辺境伯家に助けを求めようかと考えた。しかし、往復四ヶ月、手紙のやり取りにも時間がかかるこの距離で支援を求めるのは難しいと判断したため、声をかけなかった。

そして、リカルドがマティーニ男爵領にて過ごし、マリアと契約結婚をした際に、さすがに結婚については連絡が必要であろうということで、手紙を送ったのである。手紙には、リカルドが体調不良で倒れ、仕事を一時休んでいたがようやく復帰したこと、マリアと結婚したこと、二度目の結婚だったため結婚式は内々に行ったことなどを書き、なんとかやっているので心配はいらないとの言葉で締めた。

すると、手紙を送って二週間後、ルビエール前辺境伯夫人から電報が届いたのだ。

『手紙　受ケトッタ　ソチラニ　行ク　祖母ルシア』

リカルドは目を剝き、慌てて『コチラニ　来ル　不要　冬ニ社交デ　オ会イシタイ』と返事をした。

実は、冬の社交シーズンになると、エタノール王国では国府管理の下、大規模転送魔法陣による交通が可能となるのだ。

エタノール王国内の六ヶ所に設置された転送魔法陣と王都間の直通往復便で、十一月から二月までの四ヶ月間、毎月十五日と末日の二日間だけ運行することとなっている。

王都に近い領土を持つ貴族を除き、各領地の領主達は皆、この転送魔法陣を使って王都に移動し、社交に参加するのだ。

リカルドも、今年の冬はこの転送魔法陣を使い、マリアとリーディアを伴って王都に向かい、社交に参加する予定であった。

エドワード王弟殿下にもお礼をしなければならないし、母方の実家であるルビエール辺境伯家の面々にも結婚の挨拶をしようと思っていたからだ。

しかし、リカルドが電報を送った数日後、今度は現ルビエール辺境伯から『母ルシア　置手紙ヲ残シ　数人ノ使用人ヲ連レ　飛ビ出シタ　手紙ニハソチラニ行クト書イテアル　申シ訳ナイ』という電報が届いたのだ。

そして、その伝言で危惧していたとおり、リカルドの祖母は、社交シーズンを待たずに本日、このリキュール伯爵領にやってきてしまったらしい。

「焼き芋会は中止だな……」

リカルドは祖母ルシアの孫として、悲しむであろう妻と娘の顔を思い浮かべ、がっかりするであろう使用人達に申し訳なく思い、ため息をついた。

ルビエール前辺境伯夫人であるルシアは、その日、リキュール伯爵領の主都キュリアに滞在しながら、ソワソワとした気持ちの赴くままに、立ち上がったり座ったりと忙しくしていた。

座っているときも、自らのハニーブロンドの髪をいじったり、柔らかい茶色の瞳を彷徨わせるなど、絶えず落ち着かない様子である。

そんな主人の様子を見ながら、側に控える黒髪の侍女は苦言を呈した。

「大奥様。焦ってもなにも生まれません」

「生まなくていいのよ、ターニャ。わたくしはね、既に生まれている立派な孫と、可愛いひ孫娘に会いに来たのよ」

「焦っても、孫もひ孫娘も現れません」

「分からないわよ。血が繋がっているんですもの、何かインスピレーションが……」

「目を開けて寝言を言うとは器用な」

「あなた本当に遠慮しないわよね!?　本当に使用人!?」

ルシアはそのミルクティー色の瞳で、ルシア付きの黒髪の侍女ターニャを睨みつけた。

ターニャはどこ吹く風といった様子で、ルシアに温かい紅茶を差し出す。

「そうですよ。大奥様の無茶を聞いて、強行軍の旅路に付き合って差し上げた使用人様です」

「使用人様!?」

「老いた体に鞭打ってこんなところまでついてきてあげたんですよ、涙を流して土下座されてもいいくらいです。もう本当に、五十肩が痛くて」

「あなた四十肩って言っていたじゃない！」

「切り上げました」

「そこでサバを読む必要ある!?」

「奥様の心に負荷をかけて差し上げようかと」

「わたくしが悪者みたいじゃないの！」

「悪者ではありませんが、迷惑千万な輩ではありますね」

「や、輩」

ルシアは長い付き合いの侍女を涙目で睨みつける。

侍女はやはり、そっけなくルシアの視線を受け流した。

「だいたいですね、護衛達だって、大奥様に恩義があるからってついてきてくれましたけれどもね。急に往復で四ヶ月以上領地を離れるだなんて、人生設計しっちゃかめっちゃかですよ」

「うぅっ……で、でもね。貴族には、主人には決断しなければならないときがあるのよ？」

「あと少しで社交シーズンの転送魔法陣が開通しますね」

「アーアー聞こえなーい」

「誰がおばあちゃんはもう……」

「これから孫とひ孫に会いに行くあなたですよ」


聞こえてるじゃないですか、という指摘すらしない冷たい黒髪侍女に、ルシアは震える。

しかし、ここで挫ける訳にはいかない。

ルシアの肩には、可愛い孫とひ孫の命運がかかっているのだ。

ルシアは毎年、社交シーズンに入り転送魔法陣が使用可能となる度に、リキュール伯爵領に一日だけ赴き、孫とひ孫の顔を見るようにしていた。

愛娘のラフィリエも、ラフィリエを奪った憎きあの男も事故で亡くなり、妻に出ていかれ男手一つでリーディアを育てている孫リカルドのことを、彼女は常に心配していたのだ。

本当なら一日と言わず、リキュール伯爵家に長期滞在したいところだった。というか、そのために荷造りもして家を飛び出そうとした。けれども、ルビエール前辺境伯夫人という立場上、よほどのことがない限り長く領地を空けるのは許さないと、夫ルイスと息子に止められてしまっていたのだ。

そしてここ二年は、リキュール伯爵領に行くことすらできなくなってしまった。

何やら王家の差し金で、孫リカルドのいる場所全てに女性達が押し寄せているらしく、危険なのでしばらくリキュール伯爵領には近づかないようにと、他ならぬリカルドから手紙が届いたのだ。

それでもルビエール辺境伯領を抜け出そうとする私と、それを止めようとする夫と息子による攻防が繰り広げられる中、二ヶ月前、リカルドから追加の手紙が来た。

――なんと、再婚したというではないか!!

しかも、体調不良で倒れ、回復と同時に結婚を決めたという話だ。

怪しい。

きっと孫は、またしても危ない女に騙されているに違いない。

何しろ、愛娘ラフィリエの義父である先々代リキュール伯爵も、人を見る目がなかった。

こともあろうに、カウエン子爵家に恩義を作ってしまい、そのせいで、子爵令嬢カーラを孫リカルドの妻として迎え入れることになってしまったのだ。

あのカーラとかいう赤髪の女を思い浮かべるたびに、恩を受けるにしても相手を選べばいいものをとルシアは苦々しく思っていた。派手好きで孫リカルドのことを装飾品のように思っている赤髪の女を、ルシアはどうしても好きになれなかったのだ。

その先々代リキュール伯爵亡き今、新しい妻はリカルドが自分で選んだのだろう。しかし、リカルドの女を見る目も多分にして濁《にご》っている可能性がある。病み上がりに結婚するなど、その最たる証拠である。

ここはなんとしてもルシアが、食い物にされようとしている孫とひ孫を助けなければならない！

だから、使用人達には申し訳ないけれども、ルシアは一刻も早く、このリキュール伯爵領に来なければならなかったのだ。

ルシアはそう自分の中で納得すると、何度も満足げに頷いた。

それを見た侍女ターニャが、「大奥様はまた、ご自分に都合のいい解釈をして……」と呟くのも耳に入らない。いや、気になる。「また」とはなんだ。

「またとは何よ！」

「聞こえてるんだか聞こえてないんだか、どちらかにしてください」

「いつだって聞こえてるわよ！」

「大旦那様と旦那様からの、先回りするように各領地に届いていた電報の内容を伝えますね」

「あら、おかしいわね。急に耳の調子が悪くなったわ」

ツンと窓の外を見るルシアに、侍女ターニャは冷たい目線を送る。

そこで、主都キュリアの高級宿にあるルシアの部屋の扉の方から、先ぶれのベルの音が聞こえた。

「お客様。リキュール伯爵閣下がお見えです」

ルシアは吉報に飛び上がった。

「リカルド！　会えて嬉しいわ！」

「おばあ様、お久しぶりです」

ルシアは、扉から入ってきた銀髪の麗人に頬を緩める。

そのまま突撃せんばかりに抱きついたところ、リカルドはルシアをそのまま受け止めつつ、苦笑していた。

「リカルド！　まあまあまあ大きくなって！」

「おばあ様、二年前から変わっていません」

「いいのよ、男は経験を重ねると大きく見えるものなのよ。それにしても、伯爵のあなた自らがやってくるなんて、一体どうしたの？」

想定よりも元気そうな様子の孫に安心しながら、ルシアは不思議に思って首を傾げる。

先ぶれの手紙を送ったので、迎えが来るとは思っていたけれども、まさか伯爵となった孫本人が来てくれるとは思わなかった。

「いえ……その。早くおばあ様の顔が見たかったのです」

「なんてこと！　いいわよ、ルイスに頼んでここをルビエール辺境伯領リキュール支部にしましょう、そして一緒にルビエールへ！」

「ははは、おばあ様はいつも明るいですね」

「そうよ。ルビエールは寒くて大変だから、人だけは元気にしていないとね」

ふふんと胸を張るルシアに、リカルドは楽しそうに笑う。

ルシアは安心した。どうやら、この美しい孫は、本当に体調不良から回復しているようだ。

「リカルド。あなた、本当に体調がよくなったのね」

「はい。実は、今の妻のおかげなんです」

「それよ！」

食いついたルシアに、リカルドは目を瞬く。

驚く呑気な孫に、ルシアは（やっぱりわたくしがしっかりしないと！）と奮い立った。

「体調不良にかこつけて結婚をもぎ取る妻だなんて、大丈夫なの？」

「……やはり、そういう話でしたか」

「もちろんよ！　リーディアちゃんだっているのよ、変な女を近づける訳にはいかないっていうのに、あなたときたら事後報告の手紙一本で済ませようだなんて」

「この冬の社交で紹介しようと思っていたのですよ。それに、妻はその……そういう意味では、完璧かと」

「か、完璧!?」

ルシアが驚いて復唱すると、リカルドはたじろぐどころか、フッと軽く笑った後、自慢げな顔をした。ルシアは衝撃を受けた。リカルドのこんな表情を見るのは、これが初めてだ。いつも控えめで穏やかなところしか見たことがなかったが、これは新妻によって自信がついたことによるものなのだろうか。


「ふ、ふん。どうせ、あなたの調子が悪いところに付け入ってきたんでしょう?」

「いえ、私が必死にアプローチして振り向いてもらいました」

「あなたから!? 待って、伯爵家の財にも伯爵夫人の地位にも……というか、あなた自身にも興味がなかったの?」

「ぐっ……そのようですね」

「なるほど、物事の価値が分からない女性だったのね」

「いえ、伯爵夫人の立場に恐縮していたところを、頼みこんでですね」

「……!? あっ、そういうこと……伯爵夫人の仕事ができないような、能力不足な女性……」

「彼女は領地経営から宝石鑑定、畑仕事まで一通りできる逸材です」

「……? あなた、その子を本当に男爵領で見つけたの?」

「そうです」

「ええと、女性としての可愛らしさがないとか……？」

「彼女は初心《うぶ》で純粋で本当に可愛らしい人なんですよ」

「リーディアちゃんとの相性が悪いのね？」

「リーディアの後押しで、私とマリアは結ばれました」

そこから、孫リカルドがとめどない新妻自慢を始めたものだから、ルシアの頭の中は（ええ……？）と疑問符でいっぱいになってしまった。

この美しい孫に興味がなくて、伯爵家の財産や伯爵夫人の地位に見向きもせず、全般的に仕事をする能力があり、女性として可愛らしく、孫リカルドを今まで見たことがないほどデレデレさせ、ひ孫娘リーディアに好かれる面倒見のいい若い女性……？

「リカルド。気をしっかり持って聞いてね。その女性は本当に実在する人物なのかしら」

「おばあ様の柔軟な発想力に私は驚きを禁じ得ません」

「きっとカーラさんとのことが嫌すぎて幻覚を見ているのよ」

「おばあ様はカーラのことが本当にお嫌いですね」

「そんなことないわ」

「そうですか」

「そうよ。わたくし、嘘をついたりしないもの」

眉をハの字にしながら目を逸らすルシアに、リカルドは失笑する。

この心配症の祖母は、なんというか、リーディアにそっくりなのだ。顔の造りはそれほど似てはいないものの、打てば響く反応が似ている。童心を忘れないというか、祖父に聞く限り政治手腕も見事だという話なのに、思ったことが表情に出てしまう可愛らしいところがあるのだ。

リカルドは、この可愛い祖母が、その猪突猛進な勢いのままマリアに失礼を働かないか心配で迎えに来たけれども、なんとなく大丈夫そうな気がする。


問題は、リーディアの方だ。

正直、ルシアの来訪が今日、というのは、最悪のタイミングである。

あと一日遅ければ、問題なかったのだが……。

伯爵邸への道中、そんなふうに悩むリカルドの横で、ルシアはウキウキと馬車の外を見ながら浮かれていた。

なんといっても、これから可愛いひ孫娘に会えるのだ！

二年前に会ったひ孫娘は、超絶可愛い美幼女だった。紫色のお目目がくりくりの、よちよち歩きの銀色の天使だったのだ。

六歳になった今、間違いなく、超絶愛らしい美少女に成長しているに違いない。

（待っていてね、リーディアちゃん！）

こうして、馬車は予定どおりに伯爵邸へと進んでいき、あっという間に目的地に到着してしまった。

ルシアは、リカルドのエスコートで馬車を降りた。

そこには、二年前と変わらず、しっかりと手入れされたリキュール伯爵家の庭園と、白く輝く伯爵邸。

そして何より、使用人達を背後にした一人の女性が待っていた。柔らかい茶色の髪に、蜂蜜色の瞳の、優しげな雰囲気の若い女性である。

ルシアは察した。

これが、先ほどからリカルドが自慢して止まない――。

「初めまして、おばあ様。先日リカルドの妻となりましたマリアと申します。本日は遠い旅路を越え、ようこそおいでくださいました」

新妻マリアだ。

ルシアは目を見開いたまま、その場で固まってしまった。

（あら、あららっ、思った以上に前妻と全然違うわ!?）

あの真っ赤な女は、襟ぐりの広く開いた服でたわわな果実を見せびらかしていたが、目の前の女性は慎ましやかで清楚な身なりをしている。なんなら、果実自体もルシアと同じく控えめである。口上もしっかりと述べているし、突然やってきたルシアを、「会えて嬉しいです！」という気持ちを全面に出した笑顔で迎えてくれている……。

ルシアがパッと孫のリカルドを見ると、リカルドがまたしても自慢げに笑ったものだから、それが癪に障って、ルシアは視線を新妻マリアに戻した。

マリアは不思議そうな顔をして、ルシアを見ていた。

「おばあ様？」

「い、いえ、ごめんなさいね。わたくしはルビエール前辺境伯が夫人、ルシア＝ルビエールよ。リカルドの祖母でもあるわ。よろしくお願いするわね」

「はい」

ルシアの言葉に、マリアは本当に嬉しそうに微笑む。その笑顔に、ルシアはその場に花が咲いたような、心がほぐれるような気持ちになり、慌てて首を振った。

ルシアは、この女性に孫とひ孫娘が食い物にされないよう、しっかりと見極めるために来たのだ。こんな早くに絆《ほだ》されている場合ではない。断じて、まだ絆されていないのである。

ルシアが理性を奮い起こしていると、目の前にいるマリアが、自らのスカートの辺りに視線を移した。

「ほら、おばあ様よ。ご挨拶しましょう？」

ルシアがハッとしてマリアのスカートの後ろを見ると、そこには小さな人影が隠れていた。

マリアのスカートを握り、その後ろから、おずおずとこちらを見ている銀色の天使がいるではないか。

「……ひいおば《グレート》あちゃま《グランマ》？」


可愛い！

お人形が動いているみたいに愛らしい!!

しかもなんと、声も可愛い!!!

ルシアは飛び上がるような気持ちでその小さな人影に近づくと、天使はマリアのスカートを小さな手でぎゅっと握りしめた。警戒している様子も最高に可愛い。さすがは我がひ孫。

ルシアはこの小さな生き物を驚かせないように、なるべく穏やかな声を出すよう心がけて返事をした。

「はい、ひいおばあちゃまですよ。二年ぶりね、リーディアちゃん。わたくしのこと、覚えているかしら」

ドキドキしながらひ孫に声をかけると、リーディアは大きな瞳をパチパチと瞬いた後、「うん……」と呟き、何故かそのまましょげてしまった。

想像と違う反応に、ルシアは不思議に思った。そして、口を開こうとしたところで、マリアとリカルドの横槍が入る。

「アーッ、ええと、おばあ様！　こんなところで立ち話もなんですから、是非、家の中へ！」

「私が部屋へご案内しますよ、おばあ様。ほら行きましょう」

「えっ、でも……」

「お連れ様も疲れていらっしゃるでしょうし、是非！」

「おばあ様、まずは荷物を置いて、居間で話をしませんか。座ってお話ししましょう」

「その前に、リーディアちゃんが」

「アアーッ！　そうですね、リーディアも、室内に入れないといけませんね！　秋ですからね！」

「そうだなマリア、寒くなってきたし、風邪を引いたらいけない。さあ、おばあ様も早く」

「――ひいおばあちゃま」

慌てるリカルドとマリア、怪訝な顔をするルシアの目の前で、銀色のお人形が声を発した。

思わず、その場の全員が、可愛い少女に注目してしまう。

リーディアは、皆の注目を一身に浴びながら、必死の形相でルシアに問いかけた。

「お、おばあちゃまは、いつまでうちにいるの？」

ギョッと目を剥き青い顔をするリカルドとマリアに、呑気なルシアは気がつかない。むしろ、可愛いひ孫娘が話しかけてくれたことが嬉しくて、ウキウキで答えを探した。

（いつまで……うーん、夫も息子も、すぐに帰ってこいってうるさいし……あまり長くはいられな

いわよね）

それでも、ギリギリまで滞在時間を延ばしたい。可愛い孫とひ孫娘と過ごしたいし、嫁のこともしっかり見極めたい。

それに、帰りも二ヶ月かけて移動するとなると、老体に堪える。

するとだ。

「帰りは転送陣を使いたいから、早くて十一月頃かしら」

ルシアの回答に、リーディアは、ガーン!!という効果音を背中に背負った後、可愛い口を開けたまま、ヨタヨタと後ずさった。

その急激な変化に、さすがの呑気者ルシアも首を傾げる。

「リーディアちゃん？」

「リーの、お芋さん……」

「え？」

うるりと紫色の宝石が光る。

ルシアが目を瞬いた次の瞬間、ポロリと涙がこぼれ落ちた。

「ひいおばあちゃまの意地悪！　きらい!!」

びゃーっと泣き出したリーディアに、ルシアは石像のように固まった。

マリアは「すみません、すみません」と言いながらわんわん泣いている銀色姫を必死になだめ、リカルドはルシアに「申し訳ない、後で言って聞かせますから」と言いつくろっている。

しかし、ルシアの耳には、エコーのように、リーディアの「きらい!!」だけが鳴り響いていた。

（きら……嫌い……嫌われ……）

そして、可愛いひ孫娘に即行で嫌われてしまった突撃ひいおばあちゃまは、旅の疲れも相まって、その場でひっくり返ったのだった。

もちろん、周囲からは悲鳴が上がった。

泣き出す六歳、倒れる曽祖母、慌てる周囲。

楽しい焼き芋会を開催するはずだった現場は、阿鼻叫喚の悲劇の場と化したのである。

わたしマリア＝リキュール。

先日、リカルド＝リキュール伯爵の本当の妻になったばかりだ。


時を遡ること三十分前。

ルビエール前辺境伯夫人を迎える準備を終え、ようやく息をついたわたしは、可愛い愛娘がソファに座るわたしの隣にピッタリくっついたまま、ふくふくのほっぺをこれ以上なく膨らませて不満を表している姿を見て、苦笑していた。

「焼き芋会、したいの」

「そうねぇ」

「たくさん準備したのよ？　お芋さんも、魔法使いさんおすすめの種類のやつをたくさん買ったのよ？」

「そうねぇ」

「とっても甘くておいしいって、魔法使いさんが教えてくれたの」

「そうねぇ」

「焼き芋会……」

「シェフのダルクさんに頼んで、おやつにお芋のお菓子を作ってもらいましょう?」

「ママ。それはだめよ。ジャドウなの。葉っぱで焼くことがジュウヨウなの」

「そうねえ。じゃあ来年そうしましょうね」

「いや!!」

頭をブンブン振って抵抗する反抗勢力に、わたしは苦笑いしかできない。


今日は元々、このリキュール伯爵邸にて、焼き芋会を開催する予定だったのだ。

先日わたしが男爵領での思い出として焼き芋会をしていたことを話したところ、リーディアが想像以上の食いつきを見せ、「絶対にリーもやるの! 焼き芋!」と大興奮してしまったのである。

そのため、仕方なくリカルドに頼み、焼き芋会を開催することにしたのだ。

わたしがリカルドに頼んだところ、リカルドもやる気満々になっていたのは不思議なことだけれども、開催できるのであればリーディアも喜ぶし、いいことなのだろう。

ただし、上位貴族である伯爵家の庭で焚き火をする、しかもその焚き火で芋を焼くというのは、なかなかにハードルが高い行事である。

そんな訳で、開催にあたって、リーディアにもちゃんと言いつけておいたのだ。

「焼き芋会の主催者、リーディア様」

「はい、ふくしゅしゃいしゃのママ様。なんでしょうか」

「……。主催者のリーディア様に、大切なことを注進いたします」

「中止……？」

「ああっ、違うのよ。意見を申し上げるっていう意味なの。ええと、主催者リーディア様に、申し上げます」

「よ、よろしい。ママ様、申してみなさい」

中止の可能性に、くしゃっと顔を歪めた主催者リーディア様であったけれども、なんとか立て直し、ふくしゅしゃいしゃのわたしに指示を出す。

　わたしは笑いを堪えながら、主催者リーディア様に申し上げた。

「リーディア様。伯爵家という上位貴族の家で、焚き火をするのは外聞《がいぶん》が悪いと思うのです」

「ガイブン」

「そうです。外聞です。……リーディア、外聞って何か分かる？」

「えっ!?　わ、わかるよ？　リーは、えっと、知ってるもん。多分、知ってるの。ガイブンね。ガイブン」

「……」

「……」

「よいでしょう。コホン、えー、伯爵家で焚き火をするのは、外聞が――ええと、世間の皆様に知られたとき、リキュール伯爵家の評判が悪くなるかもしれません」

「!!」

「けれども、焚き火をしたい。お庭でお芋を焼きたい。さすればどうしたらよいのか。主催者リーディア様におかれましては、もうお分かりですね？」

「!? う、うむ。わかっておる。わかっておるぞなの」

「なら、そうしましょう」

「……」

「……」

「ふくしゅしゃいしゃ、ママ様。リーはね、わかっているのよ？　でもね、念のためなんだけどね、ママ様からリーに、述べてみよなの」

「畏まりました、リーディア様。副主催者のわたくしめはですね、このイベント、伯爵家の人だけの秘密のイベントにするべきだと思うのです」

「ふむふむ」

「さすれば、伯爵家の面子《めんつ》も保たれ、リーディア様のお気持ちも満たされるでしょう……」

「わかったの。このしゅしゃいしゃリーディアに、全て任せるといいの」

「はは、ありがたき幸せ」

ということで、焼き芋会はリキュール伯爵家の内部の者だけが知る、秘密のイベントだったのだ。

主催者リーディアは、手書きの招待状を作り、使用人達全員に手ずから渡しては、参加を募った。招待状の表には「秘密の焼き芋会へのお誘い」と書き、手渡すときに「秘密よ。これはね、リーと、このおうちにいる人達との秘密なの」と念を押す徹底ぶりである。使用人達も、この可愛い招待主に目じりを下げ、開催日を心待ちにしてくれていたのだ。非番の使用人も含め、ほとんどの使用人が参加予定の大イベントである。

しかしそこに、リーディアの曽祖母であるルシアが現れてしまった。

しかも、さつま芋シーズンの終わる十一月にならないと、リキュール伯爵家を離れないと言うのだ。

目の前にぶら下がる、中止の選択肢。

絶望したリーディアの気持ちも分からないではない。

しかし、せっかく来てくれたおばあ様へのあの態度はいただけない。

マリアは心して、泣き疲れたリーディアが眠っている寝室へと足を運んだ。

「……リーディア、いる？」

今の伯爵邸は大忙しなせいか、寝ているリーディアの部屋には侍女も護衛もいなかった。わたしは、おや、と眉をひそめる。確かに、おばあ様のお迎えと屋敷の周りには護衛を配置しているし、焼き芋の片付けにも人員を取られているから、人手は少ないのだが、少し油断しすぎのように思う。屋敷の外の護衛は減らしていないから、おかしな輩は侵入させていないとはいえ、こういった事態でもリーディアの周りに数人は配置するように言っておかなければならない。

そう思いながら、わたしがリーディアのベッドに近づくと、彼女は毛布に包《くる》まっているのか、こんもりとした膨らみだけがそこにはあった。

「リーディア、寝てるの？」

わたしは、ベッドの横の椅子に腰を下ろす。

そして、ふと嫌な予感がして、「リーディア？」と声をかけながら、ゆっくりと毛布をめくった。

そこには、ウサギのぬいぐるみとクマのぬいぐるみが、仲良く鎮座していた。

「あの子ったら！」

わたしが部屋を飛び出すと、そこにはリーディアの部屋に向かっていただろうリカルドと侍従達がいた。

慌てて出てきたわたしを見て、目を丸くしている。

「マリア？」

「リカルド！　リーディアがいないの」

「えっ」

「あの子、多分おばあ様のところへ行ったんだわ。追いかけないと……！」

「分かった、私も行こう。それとマリア。歩きながらでいいから聞いてくれるか」

「……？　どうしたの？」

　わたしはおばあ様の眠る客室に向かって、早足で歩を進める。その横で、リカルドはゆったりと歩いていた。これがリーチの違いである。世の中は不公平にできている。

「焼き芋会なんだが、このまま開催してしまわないか」

「えっ!?　でも……」

「リーディアの態度は後で叱らないといけない。だが、最初からここまで大きく拗れてしまうと、このまま焼き芋会を中止にしては、リーディアの中におばあ様に対する悪感情《しこり》が残る気がするんだ。それは、リーディアにとってもおばあ様にとってもよくないと思う」

「……それは、そうかも」

　リーディアとおばあ様が前に会ったのは二年前で、それもたった一日だけのことなのだという。

　リーディアは当時、四歳だ。そのときのことはおそらくそんなにはっきりとは覚えていないだろう。その前に会ったのも、さらに一年前に一日だけだというし、リーディアにとって、おばあ様は、初対面の人物と言っても過言ではない状況だ。

そのように関係性が薄い中、焼き芋会を中止させられたという記憶が残るのは、確かによくないかもしれない。

「でも、おばあ様は許してくださるかしら？　伯爵邸の庭で、焼き芋をするなんて」

「リーディアに嫌われて卒倒するほど、孫煩悩みたいだからな。リーディアが頼めばおそらくは……それに……」

チラリとわたしの方を見るリカルドに、わたしは首を傾げる。すると、リカルドはわたしに向かって、柔らかく微笑んだ。

「まあ、大丈夫だろう。任せてくれ」

わたしは、その笑顔に心臓を撃ち抜かれた。

わたしの旦那様……頼りになる……！

思わずリカルドの腕に絡みついて「好き」と伝えると、リカルドはしばらく固まった後、苦渋に満ちた顔を手で押さえながら、「今すぐ君を攫って寄り道をしたい」と呟いた。わたし達は新婚なのである……。

しかしながらそんな時間はないので、わたしも理性を総動員して「リーディアが先よ」とお断りした。そして、「ほんの少しだけ」「マリア」と粘るリカルドを連れて、おばあ様の部屋へと急いだのだった。

ルシアは夢を見ていた。

孫とひ孫娘と一緒に、お花畑で遊んでいる夢だ。

花を愛《め》で、花冠を作り、ひ孫娘に被せる。

うん、最高に似合っている！

ルシアが満足げに頷くと、ひ孫娘は自分のスカートをふくふくのお手手で握りしめたまま、ルシアの方を見た。

「ひいおばあちゃま。いつ帰るの？」

ルシアは固まった。

ひ孫娘は、もしかして、ルシアと一緒にいたくないのだろうか。

「ひいおばあちゃま、きらい!!」

きらい、きらい、きらい、きらい……。

「いやーっ、夢だと言ってちょうだい！」

「やーっ!?」

ルシアがガバッと勢いよく起き上がった。

肩で息をしながら正面を見据えると、知らない部屋の中、視界の端で、黒髪侍女が呆れた顔をしていた。

「ターニャ！　いるなら言いなさいよ！」

「無茶言わないでください、どのタイミングで申告しろというのですか」

「なによ、意地悪ばっかり言って！　ここはどこよ！」

「リキュール伯爵邸の客室ですよ」

ハッとしたルシアは、気絶する前のことを思い出す。

リカルドが迎えに来て、リキュール伯爵邸に向かい、馬車を降りたところで……。

「もしかして、最後の方は夢……？」

「そんな訳ありますか。だいたい、そんなことを気にする前に、自分の右側を確認するべきだと思いますよ」

ルシアは大きな茶色の瞳をパチパチと瞬いた後、右側に視線を向ける。

なんと、そこには可愛い銀色ひ孫娘がいるではないか！

「リーディアちゃん！」

「は、はいっ……」

驚きでプルプル震えている可愛い姫に、ルシアは我に返る。

なるほど、先ほど可愛い悲鳴が聞こえた気がしたのは、幻聴ではなかったらしい。そして、愛しのひ孫娘を驚かせている場合ではない。

「……リ、リーディアちゃん。どうしたの？　会いに来てくれたの？」

期待に瞳を輝かせるルシアに、リーディアは恥ずかしそうに目を彷徨わせた後、上目遣いにルシアを見た。

「ひいおばあちゃま……あの、さっきはごめんなさい……」

「謝りに来てくれたのね嬉しいわリーディアちゃん大好きよー!!」

「やぁーっ!?」

ガバッと抱きついたルシアに、ひ孫娘から恐怖の悲鳴が上がる。

後ろ手にスパコーンと叩かれ、ルシアは犯人の方を振り返った。

「何するのよ！」

「ひ孫を恐怖に陥《おとしい》れてどうするおつもりですか」

「そんなことしてないわよ！　ね、リーディアちゃ……」

黒髪侍女のスカートの後ろに隠れている小さな影に、ルシアはシュンと勢いを失った。

項垂れている曽祖母に、リーディアはおずおずと近づく。

「ひいおばあちゃま、あのね」

「……なぁに、リーディアちゃん」

「おばあちゃまは、秘密を守れる子？」


何やら楽しい気配がして、ルシアは水を得た魚のように息を吹き返す。

「もちろんよ。岩のように固く開かない口を持つ女と言われたのはわたくしのことよ」

「そのペラペラと止まらない口でよくそんなことが言えますね」

「ちょっと、台なしにしないでちょうだい！　リーディアちゃん、大丈夫よ」

冷たい黒髪侍女に抗議したルシアは、ジトーッとこちらを半信半疑な様子で見ているひ孫娘に、慌てて言いつくろう。

「わ、わかったの……リーは、ひいおばあちゃまを信じるの……」

「よ、よかったわ！」

「あのね、ひいおばあちゃま。今日はね、実は……リー達は、秘密のパーティーを開く予定だったの……」

「秘密のパーティー」

ゴクリと喉を鳴らし、真剣な顔をしたルシアに、リーディアは神妙な顔をして頷く。

「おばあちゃまが、誰にも言わないと誓うなら……このしゅしゃいしゃのリーが、パーティーに……お誘いしてもいいの……」

「い、言わないわ！　絶対に言わない！　そ、それで、それはどんなパーティーなの？」

顔を上気させ、興奮している様子のルシアに、リーディアは満足そうな悪役顔で――傍目にはふくふくほっぺが愛らしい笑顔で――大仰に頷く。

それを近くで見ている黒髪侍女ターニャは、とりあえず黙っていた。何やら、これは面白いことになりそうな気配がする。いつものあれだ、主人が自爆するやつだ。こういうときは黙っているに限る。その方が面白い結果になる。

リーディアは、「ここだけの話なのよ」と前置きをした後、小声でルシアに秘密を告げた。

「伯爵邸で、焚き火をするの……」

固まるルシアに、リーディアは誇らしげな顔で、威風堂々と――傍目には小さな胸を必死にそらして――胸を張った。

「た、焚き火を？」

「焚き火を」

「伯爵邸で？」

「伯爵邸で！」

ルシアは思案した。

上位貴族であるリキュール伯爵家の邸宅で、焚き火をする。あまり外聞のいい話ではないと思う。室内でやることはないだろうから、おそらく伯爵邸の庭で焚き火をするのだろう。しかし、領主邸の庭というのは、選び抜かれた庭師による作品であり、そこに焚き火という煤《すす》けた存在を介入させるのは、領主自身が無粋な男であるとの評価に繋がる可能性がある。

焚き火会をするのであれば、正直、伯爵邸ではなく、もっと別の場所でやった方がいいのではないだろうか。

どうせ、そんなに大規模な焚き火ではないのだろうし……。

「リーディアちゃん、その……伯爵邸のお庭で、木の葉を集めて、小さな焚き火を作るのよね？」

「そんなんじゃないわ」

「そんなんじゃないの!?　そ、そこの表のお庭で、ちょっと木の葉を集めるんじゃなくて？」

「違うよ。そんなちっちゃなものじゃないの……リーがしゅしゃいするからには、もっとこう……盛大な、大きな火を起こすの……！」

「盛大な！」

「そうなの。伯爵邸を、大きな火でいっぱいにするのよ」

「火でいっぱいに!?　ほ、本当に伯爵邸でやらないとだめなの、リーディアちゃん!?」

「そうよ！　もう、準備は整っているの……伯爵家の歴史に残る大イベントなの！」

リーディアの言葉に感動したのだろう、驚きで震えるルシアを見たリーディアは、満ち足りた顔でフフンと微笑む。

リーディアはこの日のために、ママと庭師と共に、毎日沢山の木の葉を集めたのだ。そこのお庭だけでなく、伯爵邸の中庭や裏庭の落ち葉も、全て回収してきた。だから、ルシアの言うような、そんな小さな焚き火で満足するつもりはない。盛大な焚き火を沢山起こし、この初回の焼き芋会を大きく成功させ、毎年のイベントとして確立し、リキュール伯爵家の歴史に「あのときリーディア様が始めてくださった素晴らしいイベント」として記録するのだ。

そして、これだけ刺激的で素晴らしい会であることをアピールしたのだ。ひいおばあちゃまはきっと、開催を認めてくれるに違いない。

なお、実際に焚き火で焼き芋をするときには、火自体は燻《いぶ》すようにし、静かに燃える焚き木に濡れた木の葉を被せて芋を焼くので、大きな火にはならないのだが、焚き火をしたことがないリーディアはそのことを知らない。

一方、ルシアは慄いていた。何故かは分からないけれど、可愛いひ孫娘は伯爵邸（の庭）で木の葉を使って焚き火をするのではなく、伯爵邸（という燃え草）で焚き火をするつもりらしい。間違いなく歴史に残る。リキュール伯爵家の黒歴史である。

　どうしたらいいのだ、今すぐ止めればいいのか。

　いや、ここで止めても、秘密のイベントとして、後日行われるだけではないのか。

「内緒にしてくれるなら、開催できるの。秘密にしないと、ガイブンが悪いの。ひいおばあちゃま、だめ？」

　なんと、ひ孫娘が小さな両手でルシアの右手を握ってくるではないか！

　上目遣いで、ルシアにおねだりをしている。

　可愛い！

　しかしだ!!

　だとしても、伯爵邸を燃やすなど許されていいのか!?

　外聞が悪い。

　それはそうだ、伯爵令嬢が伯爵邸を燃やして焚き火をするなど外聞が悪い、いや外聞が悪いで済ませていいのか……！

「あー、ええと、焚き火をするのは、その……」

　ルシアのお断りの空気を察したのか、リーディアが瞳に涙を浮かべて震えている。ふくふくのお手手が、震えを伝えてくる！

　ルシアは、理性を捨てた。

「分かったわリーディアちゃん！　ひいおばあちゃまがなんとかするわ、伯爵邸を燃やすならひいおばあちゃまが建て直してみせるからー!!」

「おばあちゃま!?」

「おばあ様、違うんです!!!」

わーッと顔を覆いながら叫んだルシアに、リーディアは仰天し、客室の扉から慌てた様子のマリアが駆けこんできた。

黒髪侍女は、窓の方を向いて笑いを押し殺しているし、廊下ではリカルドが息をするのも辛そうな様子で、壁にもたれかかったまま笑っている。

マリアはリーディアの横に座り、ルシアに向かって言いつのった。

「違うんです、おばあ様！　燃やすのは間違いなく木の葉です！」

「マ、マリアさん……？」

「焼き芋を！　伯爵邸の中庭で、焼き芋をしようとしていただけなんです！　だから、違うんです！」

必死な様子のマリアに、リーディアは不思議そうな顔をした後、「あっ、お芋さんのこと、言ってない！」と気がついた。

そして、リーディアは改めて、ルシアの右手を両手で握り、ルシアをまっすぐに見つめた。

「ひいおばあちゃま。リーの秘密の焼き芋会に招待します。リーとね、このおうちの人と、ひいおばあちゃまとの秘密の会なの。来てくれますか……？」

その言葉を聞いたルシアは、ふわりと笑顔になった後、気絶した。

またしても、伯爵邸で悲鳴が上がった。


「それで、どういうことなの？」

五分後にようやく起き上がったルシアは、リカルドとマリアに問いかける。

マリアがチラリとリカルドを見ると、リカルドは頷いて、ルシアの方を見た。

ルシアはその様子を、スナイパーのような熱い目線で、（……夫婦仲が……いいわね……）と脳裏に焼き付ける。

「本日十五時から、焼き芋会を開く予定だったんです」

「焼き芋会……どこで焼くの？」

「伯爵邸の庭で。リーディアのことを考えると、伯爵邸の外で大きな会を開くのはまだ難しいかと思いまして……とはいえ、伯爵邸で焚き火をするのは外聞が悪いと思い、家の中の者だけでの秘密の会にしていたんです」

「そこにわたくしが来たのね」

「はい。それで、焼き芋会中止に動揺したリーディアが失礼をしてしまいまして……リーディア、おばあ様には謝ったか？」

「あ、謝ったよ。ひいおばあちゃま、ごめんなさいなの……」

「い、いいのよ！　いいのよそんな！」

リーディアの謝罪にひとしきり喜んだルシアは、ふと首を傾げた。

「それにしても、パーティーを開くなら違うものにした方がいいんじゃないの？　そんな、伯爵邸のお庭で焚き火をしなくても」

「だめ!!」

急に上がった大声に、ルシアは目を丸くする。

そこには、必死の形相をした銀色ひ孫娘がいて、ルシアに取りすがるようにして慌てていた。

「ひいおばあちゃま、だめよ！　焼き芋会じゃないとだめなの！」

「……？　そうなの？」

「そうなの！」

「どうして？」

「お芋さん、甘いの！　ミルクと食べると、おいしくて……ミルクもね、二つあるの！」

「……??」

しどろもどろで、しかし全力で頑張っているリーディアに、ルシアは首を傾げるばかりだ。

そこに助け舟を出したのはリカルドである。

「おばあ様、それについてはマリアの話を聞いた方が早いかと」

「えっ？　わたし!?」

「あら、そうなの？」

ギョッとするマリアに、リカルドは自信たっぷりの笑顔を向けている。

その様子に、ルシアは不思議に思いながらも、（おお……問題の、新妻の出番だわ……！）と、感慨深く二人を見つめた。

「はい。マリア、頼む」

「え、いえ、でも」

「マティーニ男爵領での焼き芋会の様子を話してくれるだけでいいから」

「そ、そんな……」

マリアは重責に慄いた。

何しろ、リカルドはマリアの成功を信じて疑わない様子でこちらを見ているし、ルシアは興味津々の顔でマリアを見つめるし、リーディアは期待いっぱいの瞳をマリアに向けている。

マリアは荷が勝ちすぎていると感じながらも、仕方がないので「大した話ではないのですが」と話し始めた。

「この時期になると、わたしの実家のマティーニ男爵領では、焼き芋会を開いていたんです。お恥ずかしながら、田舎の小さな領地ですので……」

頷くルシアに、マリアは今まで開催してきた焼き芋会のことを思い浮かべながら、話を続ける。

「そうですね、お芋の種類は最低でも五種類は集めて……最近のものはとても甘みが強くてどれも美味しいんですよ。外せないのは、ホクホク重視のフォルツァ芋でしょうか。だけどわたしは、最近市場に出てきたアンナ芋が大好きで……ネットリとしたコクのある味わいに、蜂蜜みたいな見た目、くどくない濃厚な甘みがこう……」

ルシアは、ゴクリと唾を飲みこんだ。

なんだそれは。お芋といえば、ホクホクじゃないのか。

ネットリとした甘み……ルシアの住むルビエール辺境伯領にはまだ来ていない新種のお芋……美味しそうではないか……。

「マティーニ男爵領の焼き芋会では、まずは一口ずつ試食するんです。それで、気に入った種類のお芋を選んで、簡易カフェ会場で食べるんですよ。去年はわたし、アンナ芋をルビエール産の苦みの深い珈琲に合わせて、紅葉を見ながら味わったんです……秋ならではの楽しみですよね……彩り鮮やかな紅色の中で頬張る甘味《かんみ》と、高品質な苦みが調和した、至福の味わい……」

なんだそれは。

恍惚とした表情をしているマリアに、ルシアは理不尽な怒りを感じた。

何故そんな風雅で美味しそうな話を、目の前に現物がないこの場でするのだ。

しかもそのお芋はなんと、苦みとコクが売りのルビエール産の珈琲にも合うのだという。素晴らしい。相当な甘みを含んだお芋に違いない。

「朝搾ったばかりのミルクを温めてアンナ芋と合わせると、口の中でスイートポテトができたみたいな濃厚な味わいで、五臓六腑が最高に幸せで……そういえば、ミルクも二種類用意していました。一般的な乳牛のものと、ブラウンエール牛のものと」

「ブラウンエール牛！」

「はい。ご存じのとおり、ルビエール辺境伯領を含めた北部発祥の希少な乳牛です。南部でもほんの少しだけ育てているんですよ。少しだけなので、値は張りますが……濃厚な乳脂肪に、芳醇なミルクの甘みが、焼き立てのお芋の甘みと絡み合って、最高の演出をしてくれるんですよね……」

なんなのだ、それは。

ルシアは憤った。

ルシアはルビエール辺境伯領で、ブラウンエール牛の牛乳ももちろん飲んだことがある。お芋とのコラボだって、シェフがスイートポテトをよく作ってくれたから、きっと味わったことがあるはずだ。

それなのに、この敗北感はなんだ。

焼きたてのお芋と、ブラウンエール牛の搾りたてホットミルク……なんだそれは!!

「そういえば、兄のメルヴィスはわたしと違って、ネットリしたアンナ芋より、ホクホクのフォルツァ芋がお気に入りなんですよ。まあ、フォルツァ芋の人気は根強いですからね。こう、二つにお芋を割って、割り口にそっとバターを落とすと、フワフワの黄色いお芋の上で、バターがじんわりと溶けて――」

「わたくしも食べたい!!!」

突然の大音量に、マリアは驚いて目を丸くした。

リカルドもリーディアも黒髪侍女も、さすがに驚いてルシアに注目している。

「なんてことなの……こんな楽しそうなイベントを、わたくしがいないところで開催しようと」

「お、おばあ様?」

「これは、大変重要なイベントよ。そうよね、リーディアちゃん」

「!!　そうなの！　とってもジュウヨウなの！」

「ええ！　地産の作物を知り、季節を楽しむことは、領主一族にとって大切なことだわ。そうよね!?」

「そうよ！　ひいおばあちゃま、そのとおりなの。話がわかるの……！」

手を握り合って、気持ちを分かち合う曽祖母とひ孫娘に、マリアは「え？　え？」と置いてけぼりにされている。

そんな中、ルシアの熱い目線を受けたリカルドは、神妙な顔をして頷いた。

「焼き芋会を、開催しましょう」

きゃーっとその場で歓声が上がる。

「やったわー、リーディアちゃん！」

「やったのー！　ひいおばあちゃま、最高なのー！」

「リーディアちゃんのお芋会のためだものー！」

「ひいおばあちゃまー!!」

涙しながら抱き合って喜ぶ曽祖母とひ孫娘に、孫リカルドは何度も満足そうに頷いている。

そして、話の中心にいたはずの新妻マリアは、あまりの急展開に、その場で一人、呆然としていたのだった。

晴れ渡る空の下、紅葉が色鮮やかに舞っている。

そんなリキュール伯爵邸の中庭では、喜色に溢れた声が沢山上がっていた。

「ひいおばあちゃま！　美味しい！」

「ほふ、ほふほふ」

「ひいおばあちゃま!?」

「お、おばあ様！　お水、お水！」

「……ふはっ、ありがとうマリアさん。お芋さん美味しいわ、リーディアちゃん！」

「よ、よかったの！　ミルクもお揃いなの！」

「一緒に選んだものね」

「ねー！」

ルシアは、カフェコーナーで孫一家との団欒を楽しんでいた。

孫とお揃いのブラウンエール牛のホットミルクが入ったマグカップを手に、美味しいアンナ芋を頬張っている。

ここに来るまでに期待していたより、ずっとずっと楽しい時間だった。

ルシアはしみじみと、二ヶ月かけてここにやってきてよかったと感じ入る。

新妻マリアの真意を探るという当初の目的のことは、お芋さんの甘みによってすっかり忘れている。

リカルドがフォルツァ芋にバターを落として食べている横で、新妻マリアはアンナ芋を手に、ルビエール産の珈琲を飲みながら、ニコニコと曽祖母とひ孫娘の交流を見守っていた。

「そうだ、リーディア。おばあ様に、お礼は言った？」

「お礼？」

「そうよ。会いに来てくれてありがとうって」

パチパチと目を瞬くリーディアに、マリアは優しく諭す。

「おばあ様はね、リーディアのことを心配して、すっごく長い旅をしてここまで来てくれたのよ」

「ひいおばあちゃま、そうなの？」

「えっ。そ、そうね、二ヶ月くらいだから、長かったわね」

「二ヶ月……」

「リーディアは、二ヶ月旅ができる？　パパとママと離れて、一人で歩けるかしら」

「やだ！」

眉をハの字にして嫌がるリーディアに、マリアは微笑む。

「なら、行くのに二ヶ月かかる場所で、パパとママが倒れてるって聞いたらどうする？」

ハッとするリーディアに、ルシアはポカンと口を開けてマリアを見つめた。

「リーディア。おばあ様はね、それくらいリーディアのことが大好きで心配したから、ここまで来てくれたのよ。大切な家族なの」

「……！」

「だから、リーディアもおばあ様に、沢山嬉しい気持ちをこめて、ありがとうを言わなきゃね」

リーディアは、恥ずかしそうに何度かチラチラとルシアの方を見た後、意を決した様子で、丸いカフェテーブルの隣の席にいるルシアに向かって顔を上げた。

「ひいおばあちゃま。リーに会いに来てくれてありがとう。リーもひいおばあちゃまのこと、大好きよ」

ルシアは眩しいくらいの笑顔を見せてくれたひ孫娘に感動するあまり、しばらく言葉を失ってしまった。なんだか視界が曇ってしまって、せっかくのひ孫娘の顔がよく見えない。

そうしてルシアが固まっていると、「ひいおばあちゃま？」と不安そうな声が聞こえたので、ルシアは慌てて「リーディアちゃんありがとうね、すごくすごく嬉しいわ」と伝える。嬉しそうに微笑むひ孫娘に、ルシアは思わず新妻マリアを見た。

「おばあ様。今日は本当に、来てくださってありがとうございます」

「マリアさん」

「わたしは嫁いだばかりで、リカルドとリーディアが二人で頑張っている姿しか知らなかったので……おばあ様がこうして駆けつけてくださったことが、本当に嬉しいんです。不束者ですが、これからもよろしくお願いします。色々ありましたが、是非ゆっくりしていってくださいね」

「完璧……」

「え？」

はわはわと震えているルシアに、マリアは目をパチパチと瞬く。

ルシアは、ここに来る前にリカルドから聞いた新妻への評価を思い浮かべていた。

『妻はその……そういう意味では、完璧かと』

孫リカルドを夢中にさせ、ひ孫娘リーディアにべったり懐かれている、教育上手で、何より孫とひ孫を愛してくれている、ルシアにも優しい若い女性……！

「リカルド！　マリアさん、完璧だわ!?」

「え？」

「そうなんですよ、完璧なんです」

「リ、リカルド？」

「すごいわ……マリアさん、演技じゃなくて、本当にリカルドと結婚してくれたの？」

「ゲッホゴホゴホ」

「ゲホゲホゲホ」

「ケホッケホッ」

「ど、どうしたの三人とも!?」

「い、いえ、なんでも！　なんでもありません、おばあ様」

「おばあ様の発想力には驚くばかりです」

「ママはね、リーの本当のママなのよ。ひいおばあちゃま、本当よ？」

「……？」

「アーッ、おばあ様!!　バターもどうですか？　お芋が温かいうちに、是非！」

「あら、ありがとうマリアさん、気が利くわ〜。んん、美味しい！」

「よ、よかったです」

「ママ、リーにも！　リーにもバター！」

「はい、いいわよ」

「マリア、私も」

「リカルドも？　ふふ、仕方ないわね」

「(孫夫婦の仲が)熱々だわ……」

「うん！　熱々のお芋さん、美味しいのー」

こうして、リキュール伯爵邸で行われた焼き芋会は、大成功を収めたのだった。

後日、曽祖母ルシアにも契約結婚のことがバレてしまうのだが、それはまた、別のお話。

番外編　リーディアからのお誕生日プレゼント

私はアリス。

このリキュール伯爵家に勤める侍女の一人です。

私はその日、穏やかな陽気の中、いつものように可愛い主人の世話を焼くべく、朝早くから出勤していました。

私が仕えているのは、六歳になって数ヶ月しか経っていない幼い女主人、リーディアお嬢様です。

お嬢様は、吊り目がちの大きな紫色の瞳に、サラサラの銀色の髪、もちもちほっぺの、『可愛い』を体現した少女なのです。

私は光栄なことに、主人が赤子のときに乳母に選ばれ、それからずっと、この可愛い主人の世話を担《にな》ってきました。

今日も今日とて、私が主人の部屋を訪れると、珍しいことに、幼い主人は目を覚ました状態で私を迎えてくれました。

「アリス！　待っていたの！」

驚きました。私が出勤するのは、朝六時半頃のことです。幼い主人は七時過ぎまでは就寝しているので、こんなふうに出迎えてもらったことは今までありませんでした。

　そのせいなのでしょう、威勢のいい出迎えの言葉を発したとたん、幼い主人はぐらりと揺れて、ぽふんとベッドに倒れこみました。

「お嬢様、さあ、もう少し眠りましょうか」

「いや！　いやなの……アリスに、用事があるの……」

「もう少し寝た後にお聞きしましょうね」

「……だめよ……ママがね、来る前に……」

「はい、眠たい、眠たい」

「…………リーは……っ」

「眠たーい」

「……」

「……」

「……」

「お嬢さま？」

　もう寝てる！　驚きの早さ!!

　私は目を丸くして、すやすや寝息を立てている幼い主人を見つめましたが、一向に起きる気配がありません。

幼い主人のあまりの愛らしさに、私は声を立てないように、ひそやかに笑ったのでした。

「アリス！　リーを眠らせてしまうなんて、なんて悪い子なの」

午前九時、朝ご飯を済ませ、仕事に向かう奥様に朝の挨拶を済ませたリーディアお嬢様は、ほっぺをぷくーと膨らませて、私に怒っていらっしゃいました。

私は、小さな体で両手を腰に当てて怒っている可愛い主人に、どうしても笑みがこぼれてしまいます。

「アリス！」

「はい、申し訳ございません。お嬢様、ご用事とはなんだったのですか？」

「悪い子には教えてあげないの」

「お嬢様……」

「……」

「あー、聞きたかったです。お嬢様のお願い、聞けなくて残念です」

「……本当に、気になる？」

「はい、もちろんです」

「……いいわ。なら、リーのジュウダイなみっしょんを、アリスにだけ教えてあげるの……もう悪い子になったらだめなのよ？」

「はい、もちろんです。ありがとうございます、お嬢様」

目の前の寛大な主人は、うんうんと満足そうに頷いています。きっと、威厳のある頷きのつもりなのでしょう。しかし実際には、銀色の髪がサラサラ揺れる、笑顔溢れる幼子がやっているので、可愛いだけなのです。

「聞いて驚いてね」

「はい」

「来月はね。なんと、ママのお誕生日なの！」

知っています。

「まあ！　それは一大イベントですね！」

もちろん、そんなことはおくびにも出さず、私は驚いた顔をします。

幼い主人は、嬉しそうに鼻高々に喜んでいます。うんうん、驚きの演技は大成功のようです。

「そうなの！　だからね、リーはパパから、ジュウダイな役割を与えられたの」

「旦那様から！」

「うん！　リーからママへのね、誕生日プレゼントを考えるの！」

「なんと！　それは重大かつ重要な役割ですね」

「そうなの!!」

褒め称える私に、お嬢様は絶好調です。

「それでね、ママに何をプレゼントしたら喜ぶかなって、リーは考えました」

「ふむふむ」

「アリス、知ってる？　プレゼントはね、自分がもらって嬉しいものや、欲しいと思うものじゃないとダメなのよ」

「そうですね、お嬢様。さすがです」

うん、私が以前教えたことを、幼い主人はしっかり覚えているようです。正しくは「自分が欲しくないようなものはあげてはいけません」だったのですが、まあ問題ないでしょう。

「それでね、リーはみっつ、プレゼントを考えました。どれがいいか、アリスの気持ちを教えてほしいの」

「分かりました、お嬢様」

「まずはね、ひとつめ！」

指を一本立てながら、リーディアお嬢様はビシッと小さな胸を張ります。

「クマさんのぬいぐるみ！」

ああーっと、それは先日、お嬢様が旦那様と奥様からプレゼントされて嬉しかった品ー！

「ふたつめ！　ウサギさんのぬいぐるみ！」

おっとー、対抗馬は、お嬢様が半月前にもらった、奥様手作りのウサギのぬいぐるみだー！

「みっつめ！　ネコちゃんのぬいぐるみ！」

なんとー、最後の候補は、お嬢様が次に欲しいと狙っている、ミケネコのぬいぐるみからの発想で間違いなーい！

「お、お嬢様」

「全部ね、もらったらすごく嬉しいと思うの！」

「そ、そうですね、そうですわね」

「どれがいいかなぁ。どれを選んでもね、首のリボンに、『リーディアより』って入れるのよ」

「お嬢様。ちなみに大きさはどのぐらい……」

「リーはね、この間もらった、リーの肩まで背のあるクマさんがすっごく嬉しかったの」

私は、身振り手振りでクマさんのぬいぐるみの大きさを表す小さな主人に、嫌な予感をひしひしと感じます。

「だから、ママの肩まである大きさのぬいぐるみにすべきだと思うのよ！」

お嬢様、それはもはや展示物サイズー!!

「お嬢様」

「なぁに、アリス!」

「プレゼントはですね、その……嬉しいだけではなく、普段使うものの方がよいのではないでしょうか」

「普段使うもの?」

「はい。そうすれば、それを使うたびに、リーディアお嬢様のことを思い出していただけるでしょう?」

な、なんだってー!?と言わんばかりに目を見開く小さな主人に、私は神妙に頷きます。

「アリス、すごいの……素晴らしい作戦なの……!」

「お褒めくださりありがとうございます」

「でも、リーはママが普段使うもの、わからないよ?」

「奥様に聞いてみましょうか」

「だめ!」

使命を帯びた厳しい顔つき——をしている気持ちになっている、もちもちほっぺの幼い主人に、

私はまだまだ神妙な顔つきで、耳を傾けます。

「ママにはひみつなの。パパからの、ごくひみっしょんなのよ」

「な、なるほど……」

「や、やはりリーが、動くしかないのよ……」

「お、お嬢様？」

「アリス、ついてきて！」

リーディアお嬢様は、大好きなママお手製のウサギのぬいぐるみを手に、てちてちと子ども部屋の扉へ向かいます。

「ひみつのみっしょんなのよ。だから、必要なことは、ひみつりに、調べるの！」

……。

私は、奥様の邪魔にだけはならないよう心がけねばならないと、意を決して、小さな主人に頷いたのでした。

✿✿✿✿

じっとりとした視線を感じる。

熱のこもった目線で、こちらを見ているスナイパーがいる。

わたしはマリア。先日、このリキュール伯爵家に嫁ぎ、愛する夫と、可愛い六歳の義娘に囲まれ、幸せいっぱいな日々を送っている新妻である。

わたしは、今日も今日とて、伯爵夫人としての仕事をこなすべく、伯爵夫人用の執務室で書面作成などの事務仕事をしていた。

しかし、先ほどから、風通しのために開けている扉の陰に、銀色スナイパーの気配がするのだ。

ウサギのぬいぐるみを抱えた小さな影が、こちらを見ている。熱のある視線で、わたしの心臓を焼き焦がしにかかってくる。

わたしは気持ちを落ち着かせるべく、侍従に下がるように命じ、侍女マーサにお茶を淹《い》れてもらい、執務机から離れてソファへと座った。

必死に視界に入れないようにしているが、気になって仕方がない。

しかし、声をかけてこないということは、気がつかないふりをしなければならないのだろう。

一体、何が起こっているのだ……。

わたしは震える手で、お茶のカップに手を伸ばした。

リーディアお嬢様は、お茶に手を伸ばす奥様を見て、今回のみっしょんの相棒である私に声をかけました。

「リーの相棒アリス！　ママは、お茶を飲んでいるわ！」

「そうですね、お嬢様」

「お茶は、いつでも飲むよね？」

「そうですね、お嬢様」

「じゃあ、お茶を飲むときに使うものをプレゼントしたら、いつも使ってもらえる？」

「お嬢様、素晴らしい提案です」

「そうよね？　うん、リーは決めたの！」

奥様の手が震えています。

きっと、こちらの声は、奥様にも聞こえているのでしょう。いやまあ、至近距離ですし、当然ですよね。本当に申し訳ないことです。早くプレゼントを決めて、立ち去らねばなりません……。

「リーはママに、『リーディアのママ専用』って大きく書いてあるカップをプレゼントする！」

お嬢様ぁー!?

お嬢様の声にびっくりした奥様が、視界の端でカシャーンと音を立ててカップを取り落としています。

奥様の耳にも、小さなスナイパーの声は間違いなく届いているようです。

「お、お嬢様。何故そのようなメッセージをお入れに？」

「贈った人の名前を入れるとね、トクベツな贈り物になるのよ！」

「よ、よくご存じで!?　ですが、カップにそのメッセージを入れるのは、その」

「『リーの大好きなママしか使っちゃダメ』って書いた方がいい？」

お嬢様の奥様への愛が止まらない!!

しかし、私は乳母。お嬢様の愛を正しく導くのが、私の役割！

私は言葉巧みに必死にカップを諦めさせ、そんな私に、視界の端で奥様がサムズアップをしていました。

奥様、私、やりました！

この状況でお茶を飲むのはまずいと思ったのか、奥様はソファから立ち上がり、執務机につきました。

「アリス、ママは、机でお仕事をしているわ！」

「そうですね、お嬢様」

「お仕事のときはきっと、机にいることが多いよね？」

「そうですね、お嬢様」

「じゃあ、机にいるときに使うものをプレゼントしたら、いつも使ってもらえる？」

「お嬢様、素晴らしい提案です！」

「そうよね？　うん、リーは決めたの！」

　奥様の肩が震えています。私の手も震えています。お嬢様は一体、どういう決断をされたのでしょうか。緊迫する空気の中、お嬢様は自信満々に大きく声を上げます。極秘みっしょんとは？

「リーはママに、『リーディアはママが大好き』って大きく書いてあるお花柄の机をプレゼントする！」

　お嬢様ぁあー!?

　お嬢様の声にびっくりした奥様が、視界の端でカシャーンと音を立ててインク壺をひっくり返しています。

　やはり奥様のお耳にも、お嬢様の声はハッキリしっかり届いているようです。

　なお、インク壺は中身が少なかったようで、床までは汚さずに済んだようです。よかった！

「お、お嬢様。何故そのようなメッセージをお入れに？」

「机に大きく書いてあったら、机を見るたびに、ママにリーの気持ちが伝わるのよ」

「それはそうですわね!?　ですが、机にメッセージを入れるのは、その」

「クレヨンより、直接彫った方がいいかな」

「彫ったら机がデコボコですね!?」

「!!　それはそうなの……じゃあやっぱり、クレヨンにする。ピンクがいいの！」

嬉しそうに構図を考え始めるお嬢様に、私は、机は予算オーバーであることを懇々と説明し、回避することに成功しました。

視界の端で、奥様が腕で大きく丸を作って喜んでいました。

奥様、私、やりましたわ！


奥様は大きく息を吐くと、心を落ち着かせたいのか、立ち上がり、窓辺に立って外を眺め始めました。

「アリス、ママは、窓から外を眺めているわ！」

「そうですね、お嬢様」

「きっと、窓からお外を見ることって多いよね？」

「そうですね、お嬢様」

「じゃあ、窓の近くにいるときに使うものをプレゼントしたら、いつも使ってもらえる？」

「お嬢様、素晴らしい提案です！」

「そうよね？　うん、リーは決めたの！」

窓の近くにいるときに使うものってなんでしょう？

私には何も思いつきません。しかし、お嬢様は自信満々です。一体何を思いつかれたのでしょうか。

「リーはママに、『リーディアのママのお部屋♡』って大きく書いたカーテンをプレゼントする！」

お嬢様ぁああー!?

ジャッと音を立てて、カーテンレールの玉が一つ外れました。

びっくりした奥様が、カーテンを思わず強い力で引いてしまい、玉を外してしまったようです。

慌てて侍女たちと一緒に、玉を戻す手配をしています。

「お、お嬢様。何故そのようなメッセージをお入れに？」

「カーテンに書いてあったら、部屋にいるときも、お外から部屋を見るときも、ママにリーの気持ちが伝わるの」

「それはそうですわね!?　ですが、カーテンにメッセージを入れるのは、その」

「お色を選ばないと、文字がよく見えないよね。だから、ピンク色のカーテンに、エメラルド色の文字を書くの！」

「反対色……！」

私は慌てて、伯爵夫人である奥様の部屋が一目瞭然になってしまうのは防犯上よろしくないことを延々と説明し、カーテンのプレゼントを回避することに成功しました。

視界の端で、奥様が私を拝むようにして喜んでいました。

奥様、私、やりましたわ！

「アリス。ママが普段使うもの、見つけるの、難しいの」

「そ、そうですねぇ」

「やっぱりね、おっきなおっきなネコちゃんのぬいぐるみがいいと思うのよ。このお仕事のお部屋のソファにね、ずっと座っていてもらって、ママのお仕事を見つめてもらうの」

「えーと!?　そ、そうですね、うん、えーと」

「それでね、『リーディアのママのネコちゃんです』って書いた旗を持たせるの」

「そ、それは誰が読むための旗なのですか!?」

「……？　もちろん、ママが読むのよ？」

どうしましょう、このままでは、奥様の執務室が巨猫ぐるみの監視部屋になってしまいます！

しかも、旗まで掲げるオプション付きです。

こ、これはもう、私の手には余るかもしれません……！


「アー、か、肩が凝ったワ！　お外にー、出ようかしラー！」

ここで、奥様が大きく声を上げながら、外に行く宣言をされました。

極秘みっしょんのためのスナイパーであるお嬢様と私は、慌てて扉から離れ、廊下の陰に隠れます。

奥様は、侍女のマーサ先輩を伴い、庭へと向かっていきます。

お嬢様は、奥様の後ろを追いかけて、てちてち歩いていきます。どうやら、お嬢様が問題なくついていけるように、奥様は歩速を緩めてくださっているようです。

奥様は、リキュール伯爵邸の裏庭に辿り着くと、庭師のヤーヒムに声を潜めながら話しかけています。

リーディアお嬢様が、「アリス、聞こえないー」と不満そうにしています。ですが、これ以上近づいたら、さすがの奥様も気づかないふりができなくなってしまうので、我慢してくださいませ。

私達が注意深く奥様の様子を見ていると、隣にいる庭師ヤーヒムから大きな声が上がりました。

「ああーっと、奥様！　毎朝のようにー、ここに来られているというのにー！　今日は日中まで、どうしましたー!?」

「そ、そうなのよ、ヤーヒムさん！　毎朝のように、わたしはここに来ているのー！　ちょっとー、任せてもらっている花壇の様子が、気になってー！」

「！」

奥様達の会話に、リーディアお嬢様が目を輝かせています。

「奥様はー、この間から、ご自分用のジョウロが欲しいとー、おっしゃっていましたねー！」

「そうなのよー！　貴族っぽいー、綺麗なジョウロがあればー、花壇を触っていてもー、貴族っぽい趣味として見てもらえるんじゃないかしらってー、思ったのー！」

「そうですよねー！　ああー、我が伯爵邸に、美しいジョウロがあればー！」

「そうねー！　綺麗で可愛いジョウロさえあればー！」

「!!」

リーディアお嬢様が、キラッキラつやっつやのお顔で、こちらをパッと振り返りました。

どうやら、プレゼントは決まったようです。

よかった。本当によかったです。


「ママ！　お誕生日、おめでとう！」

「ありがとう、リーディア」

こうして、リーディアお嬢様は、奥様のお誕生日当日、奥様に貴族令嬢向けのガーデニング用のジョウロをプレゼントなさいました。

領地内の商人や有力者達を呼ぶ外向けのお誕生日会は別日程で開催予定で、お誕生日当日である今日は、伯爵邸内部の者だけで小さなお誕生日会を開いているのです。

リーディアお嬢様がプレゼントしたジョウロは、紫色の濃いグラデーションに、蜂蜜色でこまやかな模様が描いてある上品な意匠のものでした。左側面には同じく蜂蜜色で、『リーディアから大好きなママへ』と書いてあります。右手で取っ手を持つときに文字がよく見える仕様なのです。

「ジョウロだわ！　嬉しい、本当に欲しかったの！　どうして分かったの？」

「ふふん。リーはね、名探偵なのよ！」

「ふふふん」

「そうなの？　しかも、すっごくお洒落だわ……リーディアの名前が書いてある！　嬉しい！」

綺麗なジョウロと鼻高々のリーディアお嬢様に、奥様は目じりが溶けそうなほど下がっています。

そんな奥様に満足したお嬢様は、今度は旦那様の方を見て胸を張りました。

「パパ！　リーもね、名前を入れたの！　パパには負けないのよ」

「うん？　名前？」

「そうよ。ママのね、指輪とおんなじなの」

不思議そうな顔をした旦那様に、奥様がギョッとした顔をして、慌ててお嬢様を抱きしめます。

「ママ？」

「リーディア！　待って、待ちましょう。そのお話は、今ここでしなくてもいいんじゃないかしら」

「そうなの？　でもね、ママ。パパにも、リーが特別な贈り物をしたって言いたいの」

「特別よ！　リーディアの贈り物は、とびきり素敵だったわ」

「えへへ、そうかな」

「うんうん」

「……それで、指輪というのは？」

興味津々で奥様とお嬢様に合わせて膝をついた旦那様に、奥様は首を振ります。

「別に、なんでもないの」

「なんでもないことなら、言っても構わないな」

「聞かなくても構わないと思うわ」

「聞きたい」

「別にね、知らなくてもいいことなのよ」

「マリア」

旦那様が物悲しげに奥様を見ると、奥様が涙目で震えながら黙りこみます。奥様は旦那様の悲しそうな顔に、ものすごく弱いのです……この度は、奥様の敗北のようです……。

旦那様がチラリとお嬢様の方を見ると、お嬢様が首を傾げました。

「パパ、いいの？」

「うん」

「あのね、ママはね、しばらく前から何度も何度も、指輪を見てるの」

「もしかして、結婚指輪か？」

「そうよ。内側にね、パパの本当の奥さんになった日と、パパのお名前が彫ってあるのよ」

私達使用人は、なんとなく結末を察しました。


「それで？」

「ママはね、パパの本当の奥さんになったのよってすっごく嬉しそうにしながら、毎日指輪を見てるの。リーの名前も入れたいって言ったら、これはパパとママだけのトクベツな指輪だからだめよって。だからね、リーは、ママにリーの名前を見てニコニコしてもらえるように、名前入りのプレゼントをしたのよ」

「そうか。リーディアは賢いな」

「ふふふふん」

自慢げにしているお嬢様の頭を撫でながら、旦那様はチラリと奥様を見ます。

奥様はお嬢様の隣でしゃがみこんだまま、顔を覆って「わたしを消し去って……」と呟いています。おいたわしや。

しかし、旦那様は嬉しさを隠し切れないといった様子で、奥様の肩を抱き寄せたり、「マリア、そんなに私のことが好きなのか」と言って奥様を羞恥で爆発させたりと、ウキウキで奥様との仲を深めていらっしゃいました。

私ども使用人一同は、仲睦まじい夫婦の様子を笑顔で見守るのみです。

その夜、リーディアお嬢様はパーティーではしゃぎすぎたのか、ベッドに辿り着くなりすぐさまウトウトなさっていました。

普段であれば、私は十六時頃には仕事を終え、帰宅しているのですが、今日は奥様のお誕生日パーティーの日なので、特別に夜までお嬢様に付き添っているのです。

「アリス……今日は楽しかったの……」

「そうですねぇ」

「こんな日がね、続くと……いいの……」

そのまますやすや眠りこんだお嬢様に、私はクスリと笑います。

「お嬢様からのお誕生日プレゼントで、旦那様と奥様はとっても仲良しになりましたから……きっとずっと、こんな日が続きますよ」

なれそめから、こうしたふとした日常まで、お嬢様はいつも、旦那様と奥様の背中を押し続けていらっしゃいます。

この可愛らしい主人はきっと、空から舞い降りた天使《キューピッド》なのでしょう。

私はサラサラの銀髪を撫でながら、心の底から、そう思うのでした。

あとがき

初めまして、作者の黒猫かりんです。

ＷＥＢ版を読んでくださっている皆様、いつも大変お世話になっております。書籍版を手にしてくださった皆様、拙作に興味を持ってくださり、本当にありがとうございます。

この書籍は、黒猫かりんの初めての商業本となります。正直、まだ夢心地です。


本作品は、双方承知の上で契約結婚をした男爵令嬢マリアと伯爵リカルド、そして二人を翻弄する義娘リーディア（六歳）が家族としての絆を深めていく話です。無邪気な六歳の義娘の可愛らしさと、初心な夫婦二人のじれったい恋愛模様をこれでもかと盛り込みました。

元々ＷＥＢ掲載していた作品なのですが、書籍化にあたり大幅に加筆しています。加筆文字数は五万五千字を超えています。ＷＥＢ版掲載分が六万字程度なので、この本の半分近くが書き下ろしです。お買い得ですね。もう買うしかありませんね！

加筆部分は、本編で伯爵様がマリアを落とす経過と、番外編二本、それから第二章です。特に本編加筆部分は、マリアと伯爵様の恋愛シーンを盛り込みつつ、キューピッドリーディアによる翻弄シーンを存分楽しんでいただける仕様にいたしましたので、ＷＥＢ版をお読みになられた方もご一読いただけましたら幸いです。

後は、この書籍を出すにあたりお世話になった皆様に謝意を。

キャラデザ・イラスト制作を引き受けてくださったボダックス様。お忙しい中、素敵なイラストを仕上げてくださってありがとうございました。

この本の出版にあたり、相談にのってくださった皆様。初めてのことだらけで訳の分かっていない私の話を親切に聞いてくださり、本当にありがとうございます。

そして何より、ＷＥＢ版を読んで応援してくださった皆様。皆様のお力で、この本を出すことができました。最上級の感謝を贈らせてください。

最後に改めて、この本を手に取ってくださってありがとうございました。

皆様に少しでも楽しんでいただけることを祈っています。

二〇二三年七月　黒猫かりん

こんにちは、ボダックスと申します。

個人的にあまり幼い子を描く機会がないのでリーディアを描いているときがとても楽しかったです…ぷにぷにほっぺ…

皆様にイラストも含めまして楽しんでいただけたら幸いです！

SQEX/ノベル

訳あり伯爵様と契約結婚したら、義娘《むすめ》（六歳）の契約母になってしまいました。

～契約期間はたったの一年間～ 1

著者
黒猫かりん
イラストレーター
ボダックス

2023年8月7日　初版発行

発行人
松浦克義

発行所
株式会社スクウェア・エニックス
〒160－8430
東京都新宿区新宿6－27－30　新宿イーストサイドスクエア
（お問い合わせ）スクウェア・エニックス　サポートセンター
https://sqex.to/PUB

印刷所
図書印刷株式会社

担当編集
長塚宏子

装幀
冨永尚弘（木村デザイン・ラボ）

ISBN978-4-7575-8723-6 C0093
Printed in Japan